Tucholsky   Wagner   Zola   Scott   Schlegel
   Turgenev   Wallace   Fonatne Sydow   Freud
      Twain   Walther von der Vogelweide   Fouqué   Friedrich II. von Preußen
                Weber   Freiligrath   Frey
Fechner   Kant   Ernst
       Fichte Weiße Rose   von Fallersleben   Richthofen   Frommel
         Engels   Fielding   Hölderlin
   Fehrs   Faber   Flaubert   Eichendorff   Tacitus   Dumas
                                       Eliasberg   Ebner Eschenbach
Feuerbach   Maximilian I. von Habsburg   Fock   Eliot   Zweig
            Ewald   Vergil
      Goethe   Elisabeth von Österreich   London
Mendelssohn Balzac   Shakespeare
                     Lichtenberg   Rathenau   Dostojewski   Ganghofer
   Trackl   Stevenson   Doyle   Gjellerup
Mommsen   Tolstoi   Hambruch
        Thoma   Lenz   Hanrieder   Droste-Hülshoff
Dach   Verne   von Arnim   Hägele   Hauff   Humboldt
        Reuter   Hagen   Hauptmann
  Karrillon   Garschin   Rousseau   Gautier
       Damaschke   Defoe   Hebbel   Baudelaire
                     Descartes   Hegel   Kussmaul   Herder
Wolfram von Eschenbach   Dickens   Schopenhauer
   Bronner   Darwin   Melville   Grimm Jerome   Rilke   George
      Campe   Horváth   Aristoteles   Bebel   Proust
Bismarck   Vigny   Barlach   Voltaire   Federer   Herodot
   Storm   Casanova   Gengenbach   Heine
                Chamberlain   Lessing   Tersteegen   Gilm Grillparzer   Georgy
Brentano   Langbein   Gryphius
  Strachwitz   Claudius   Schiller   Lafontaine
                                     Kralik   Iffland Sokrates
    Katharina II. von Rußland   Bellamy   Schilling
                              Gerstäcker   Raabe   Gibbon   Tschechow
Löns   Hesse   Hoffmann   Gogol   Wilde   Vulpius
   Luther   Heym   Hofmannsthal   Morgenstern   Gleim
     Roth   Heyse   Klopstock   Klee Hölty   Goedicke
Luxemburg   Puschkin   Homer   Kleist
           La Roche   Horaz   Mörike   Musil
Machiavelli   Kierkegaard   Kraft   Kraus
Navarra Aurel   Musset
  Nestroy   Marie de France   Lamprecht Kind   Kirchhoff   Hugo   Moltke
    Nietzsche   Nansen   Laotse   Ipsen   Liebknecht
                 Marx   Ringelnatz
  von Ossietzky   Lassalle   Gorki   Klett   Leibniz
              May   vom Stein   Lawrence   Irving
  Petalozzi   Knigge
          Platon   Pückler   Michelangelo   Kock   Kafka
     Sachs   Poe   Liebermann   Korolenko
      de Sade Praetorius   Mistral   Zetkin

Skizzen und Aufsätze

Franziska Gräfin zu Reventlow

Impressum

Autor: Franziska Gräfin zu Reventlow
Umschlagkonzept: toepferschumann, Berlin

Verlag: tredition GmbH, Hamburg
ISBN: 978-3-8472-3845-4
Printed in Germany

Warum?

1893

1

In einer Mainacht erschoß sich der Sekundaner Hans Sörensen. Er war noch ein Kind, wenigstens hielten ihn alle dafür, die sein lachendes, offenes Knabengesicht kannten. Und er lachte oft und viel, aber dann konnten seine Augen plötzlich mit einem so seltsam leeren, toten Blick vor sich hinstarren, als ob sie etwas suchten, das sie doch nicht finden konnten, oder als ob das Lachen ihnen weh täte. Niemand hatte ihm eine solche Handlung oder einen so jähen Entschluß zugetraut, niemand erraten, daß er einen schweren Kummer, eine innere Zerstörung in sich trug. Am letzten Nachmittag hatte er eine Verabredung mit einem Freunde, aber er kam nicht hin. Er saß in seinem Zimmer und ordnete seinen kleinen Besitz und seine Briefschaften. Dann machte er seine Schularbeiten für den nächsten Tag und ging aus. Seinem Stubengenossen, der ihn begleiten wollte, sagte er, daß er einen Bekannten besuchen wolle. Als er sich von ihm befreit hatte, ging er zu einem Waffenhändler und suchte sich zwei Pistolen aus. Er wolle sie zur Auswahl, sagte er, und er würde Bescheid schicken, ob er sie behielte. Am Abend scherzte und sprach er wie gewöhnlich, und als sie nach Tisch um die Lampe herumsaßen, las er einen Roman zu Ende, den er am vorigen Abend angefangen hatte. Als die Uhr zehn schlug, gingen die Knaben zu Bett. Als sie die Treppe hinaufstiegen, tönte sein helles Lachen noch einmal durch das abendstille Haus, und niemand wußte, daß er zum letztenmal hinaufgestiegen sei und daß man nur sein zerstörtes Leben wieder herabtragen würde.

Als sie sich niedergelegt hatten, las Hans wie jeden Abend in dem Andachtsbuch von seiner Mutter, dann löschte er das Licht aus und lauschte den Atemzügen seines Kameraden und stand ganz leise wieder auf, als er sich überzeugt hatte, daß jener schlief. Leise stand er auf und setzte sich an den Schreibtisch vor dem offenen Fenster, durch das die stille Nacht hereindrang. Fröstelnd saß er da und sah

---

1 Die Skizze »Warum?« erschien in den Husumer Nachrichten am 4. 11. 1893.

dem Tod ins Angesicht. Da – vor ihm stand das Bild seiner Mutter, und er schrieb an seine Eltern. Er dankte ihnen für alle ihre große Liebe, verzeihen sollten sie ihm, daß er so von ihnen gehe – er könne nicht mehr leben – und vergessen sollten sie ihn und wieder froh sein, wenn er fort war, fort und begraben. Daß sie nie wieder froh sein konnten, daß das dunkle Geheimnis seines zerrissenen Lebens auch ihres vernichtete, das hatte er nicht begriffen.

Die Pistolen nahm er mit ins Bett. Die erste versagte den Schuß – man hat es nachher sehen können – aber die Kugel der zweiten tötete ihn, über dem rechten Auge war sie in den Kopf gedrungen. Niemand im Hause wachte von dem Schuß auf, sie schliefen alle. Der andere Knabe atmete ruhig weiter, und die Kerze brannte flackernd herunter, bis sie gegen Morgen erlosch und die helle warme Sonne ins Zimmer drang.

Am nächsten Morgen fanden sie ihn so, der eine Arm hing am Bett herunter, die andere Hand hielt noch die Pistole. Der blonde Kopf war zurückgefallen, und das blasse tote Gesicht hatte seinen alten lachenden Kinderausdruck. Über dem rechten Auge klaffte die Wunde, aus der das Blut und das Leben wie ein roter wilder Strom über die weißen Tücher hinabgeflossen war. Vor dem Bett lag das aufgeschlagene Gebetbuch und stand die herabgebrannte Kerze. Auf dem Schreibtisch lag der Brief an seine Eltern vor dem Bild der Mutter – sein Abschied aus dem Leben.

Die Zurückgebliebenen konnten das qualvolle Rätsel nicht lösen, und sie mußten es durch ihr ganzes Leben tragen.

Und er war gestorben und hatte es mit hinabgenommen. – Warum?

Eine Uniform

2

Lawntennis – auf dem grünen, schattenlosen Platz, abwärts von den hohen alten Bäumen, die in tiefem Schatten daliegen, mit dem weiten Blick auf Kornfelder und dahinter die blaue Ostsee. Heiß flimmert, flirrt und leuchtet die Sonne vom Sommerhimmel herunter, es ist nachmittags um drei, um die müde, heiße Stunde. Aber davon wissen die jungen Leute nichts, die hier *Lawntennis* spielen, und die Alten sitzen drüben unter der Buche und sehen nur zu, dem Einnicken nahe.

Auf dem Tennisplatz wird eine heiße Schlacht geschlagen, die Bälle fliegen durcheinander, kreuz und quer, und die jugendlichen Gestalten biegen, bücken und recken sich fast wie im Zirkus, um sie in Bewegung zu halten. Alle Gesichter glühen, hier und da fliegt wohl ein kurzes Lachen, eine flüchtige Scherzrede hin und her, sonst ist alles ganz in den Eifer des Spielens vertieft.

Ein Gang ist zu Ende, der Schauplatz wird ein anderer, neue Mitspieler treten ein, während die vorigen, zur Seite stehend, mit gespannter Aufmerksamkeit den Fortgang beobachten oder sich den kühlen Räumen des Schlosses zuwenden, um auszuruhen.

Ein junges Mädchen mit schwerem Blondhaar ging langsam und müde die breite, teppichbelegte Treppe hinauf. Das ganze Haus lag so still, sie waren alle draußen im Sonnenschein. Hier drinnen waren alle Läden geschlossen, daß kaum ein Strahl durchdringen konnte, alles schien zu schlafen. Die Tür zum Billardsaal war angelehnt, sie öffnete dieselbe leise und trat hinein, als sie den Raum leer fand. Auch hier waren die Rouleaux niedergelassen, die Staffeleien und Bücher standen umher, als ob sie sich wunderten, daß heute niemand sie anrührte, der Billardtisch sah so gelangweilt aus, und die weißen Kugeln lagen wie verirrt auf dem dunkelgrünen Tuch.

---

2 Die Skizze »Eine Uniform« wurde erstmals von den Husumer Nachrichten am 7. 1. 1893 publiziert.

Da auf dem Sofa lag eine Uniform, und das blonde Mädchen wußte, wem sie gehörte, es war seine Uniform, die er für das Spiel am heißen Nachmittag mit der Tropenjacke vertauscht hatte. Unten wurde das Tamtam geschlagen, um alle zum Diner zusammenzurufen. Die dumpfen Schläge dröhnten bis in den Saal hinauf und in die Ohren des jungen Weibes, das vor dem Sofa auf den Knien lag, den schmerzenden Kopf in das dunkle, kühle Zeug der Uniform hineingewühlt, liebesschwere traurige Küsse auf dasselbe drückend, während ihr schwere, angstgepreßte Tränen aus den Augen rannen.

Und er wußte nichts davon.

Moment-Aufnahmen

Leben

Die Mutter meines Freundes war Morphinistin. Sie ließ mich einmal zu sich rufen, als es sehr schlecht mit ihr stand. Es war mitten im Sommer.

Im ganzen Hause eine stille, eingeschlossene Kühle. Alle Fensterläden und Türen ängstlich gegen die Hitze von draußen abgesperrt. Der alte Haushund lag von Fliegen umsummt auf einer sonnenbeschienenen Treppenstufe und knurrte verschlafen.

Drinnen ging alles auf Zehenspitzen. Jedem leisen Schritt hörte man die Angst vor dem Geräusch an, das die Kranke stören könnte.

Im Salon standen die Möbel still und schlafend umher. Der Flügel war geschlossen und bestaubt, es hatte wohl lange niemand darauf gespielt. Auf dem Tisch verwelkte Blumen in mattgetönten Majolikaschalen. Die Flügeltür nach dem anstoßenden Schlafzimmer stand offen. Es schlug mir daraus etwas entgegen, das an die kalte Atmosphäre einer Leichenhalle erinnerte, oder lag das in meiner Phantasie? Vor den Fenstern da drinnen waren schwere grüne Vorhänge dicht zusammengezogen. Wie durch weite Ferne abgeschwächt drang das Straßengeräusch von unten herauf.

Neben der kranken Mutter, die mit stierem, leidendem Ausdruck in den mattweißen Kissen lag, stand die Tochter mit der Morphiumspritze. Ihr Gesicht war in dem Augenblick fast ebenso fahl wie das der Mutter, aber die eine junge Hand hielt den abgezehrten Arm ruhig und fest, während die andere das Instrument mit dem verwüstenden Lebenselixier handhabte. Dann legte sie den Arm leise wieder unter die Decke zurück, und nun lag die Mutter kaum atmend da, die Augen tief eingesunken wie bei einer Leiche, die

---

3 Die Husumer Nachrichten veröffentlichten am 10. 12. 1894 die vier Skizzen »Leben«, »Nachtarbeit«, »Frühschoppen« und »Mein Fenster« unter dem Obertitel »Moment-Aufnahmen«.

schmalen Lippen starr geöffnet. Als ich wieder auf die Straße kam, konnte ich nicht begreifen, daß der gewohnte Lärm des Lebens wieder um meine Ohren wogte. Ich konnte nicht glauben, daß es lebende Menschen und nicht Leichen waren, die sich an mir vorbeidrängten.

Wozu das alles, wozu ein ganzes Leben? Da oben hatte ich gesehen, was das Ende sein konnte.

Und wenn ich es ihnen erzählte, ob sie dann wohl noch ebenso weiter drängen und hasten würden allen ihren Begierden und Interessen nach.

Vielleicht würden sie mich nur auslachen und sagen: das wissen wir alles schon, oder sie würden sich gar nicht die Zeit nehmen, zuzuhören.

Und ich ging zwischen ihnen umher und konnte das Gefühl nicht wieder loswerden, daß mich der Tod selbst eisig angefaßt hatte da oben in dem dunklen Krankenzimmer, wo er neben dem Bett der Kranken wartete.

Es war so sonderbar, daß um mich her heißer Sommer war. Warum lebte ich noch, warum die anderen, warum lebte denn überhaupt noch etwas!

Mir fiel ein alter Vers ein:

– Dunkle Cypressen –
Die Welt ist gar zu lustig, es wird doch alles vergessen.

Nachtarbeit

Unten an der Isar ging ich entlang, wo Tag und Nacht an den Kanalisationswerken gearbeitet wird. Tag und Nacht.

In der Mitte der Straße eine tiefe, lang sich hinziehende Grube, unten tief die Arbeiter, die unermüdlich die Erde emporschaufeln. Man hört nur das Klirren der Spaten und das Hinabrollen der aufgeworfenen Steine.

Gegen Abend haben die Männer da unten noch bei der Arbeit gesungen, jetzt sind sie längst zu müde, aber die Arbeit geht immer weiter. Durch die scharfe Nachtluft rieselt empfindlicher Frostschnee auf alles herab, der beißt auf der Haut und dringt schneidend in die Kleidung ein.

Hier und da hängt eine Laterne mit unruhig flackerndem Licht an einem der hervorstehenden Balken.

Durch die Nacht klingt das Rauschen der Isar und das Ächzen der Dampfmaschine.

Schwarz, blank, kolossal steht sie da. Der mächtige Schlot atmet Rauchwolken aus, durch welche einzelne Funken blitzen und wie Sternschnuppen verschwinden. Hinter der Maschine steht der Heizer. Seine Gestalt ist in schwarzer Silhouette gegen die helle Wand der die Maschine umgebenden Bretterbude abgeschnitten.

Dann und wann fährt er sich mit der Hand über die müden, von Rauch und Hitze brennenden Augen. Nun reißt er die Ofentür auf, flackernder roter Feuerschein fährt über sein Gesicht. Dann rasselt die Schaufel durch die Kohlen und füllt den aufgerissenen Schlund mit neuer Nahrung.

Auf einer Bank im Bretterverschlag sitzt ein zweiter Mann, den Kopf herabgesunken. Er scheint zu schlafen. Der andere steht nach vollbrachter Heizarbeit wieder unbeweglich auf seinem Platz. Nur zuweilen fährt er sich über die Augen, während die Nacht mit unerbittlicher Langsamkeit vorrückt.

Über die Brücke hört man Studenten singen mit rohen berauschten Stimmen. Liebespaare drücken sich am Quai entlang.

Und drüben auf der anderen Seite, wo die neuerbauten hohen Häuser stehen, kommen die Theaterbesucher nach Hause, in Pelzen und hellen Abendmänteln. Einige von ihnen gähnen und reiben sich die Augen. Es war doch recht anstrengend, so lange dazusitzen.

Ein junger Mann und eine Dame unterhalten sich über Sozialismus und über die letzten großen Strikes.

»Sehen Sie, Fräulein, ein interessantes Motiv.«

Der müde Mann an der Maschine fährt sich über die Augen und schüttelt sich zwischen Nachtfrost und Kohlenhitze.

Frühschoppen

Ganz München war salvatortoll. Das berauschende junge Frühlingsbier wirbelte in allen Köpfen.

Im R.R.-Atelier war Salvator-Frühschoppen.

Aus Kisten und »Hockerln« war ein langer Tisch hergerichtet und mit Mal-Kitteln und Schürzen in allen Farben bedeckt. Darauf die steinernen Maßkrüge. Rund umher die mehr oder weniger viel versprechenden Genies der Malschule.

Gerötete Gesichter, heiserer Gesang aus bierbenommenen Kehlen, umgestürzte Krüge, Bierlachen auf Tisch und Fußboden.

Das Gelage dauerte bis in den Nachmittag hinein, dann ging man ins Café.

Die Straße, über die der Zug paarweise ging, lag im hellen Frühlingsnachmittagsschein.

Es war ein junger Norddeutscher darunter, der sich kaum mehr auf den Füßen halten konnte. Seine Augen irrten verschwommen über die Straße und wichen blinzelnd dem Licht aus.

An einer Straßenecke stand sein bester Freund im Gespräch mit einem anderen Herrn. Der Berauschte wollte auf ihn zu und mit ihm reden.

»Kommst du mit ins Café?«

»Nein.«

»Sieht man dich denn später noch?«

Der Angeredete sah ihm fest in die geröteten, unklaren Augen: »Heute nicht«, drehte ihm den Rücken und ging ohne ein weiteres Wort.

Der junge Mann sah ihm nach, wollte ihm nach, aber einer seiner Trinkgenossen zog ihn mit fort.

Der Blick des Freundes hatte ihm die Scham in die Seele hineingebrannt und zugleich den Trotz.

Sein Freund hatte nicht gewußt, daß er seit Wochen gehungert hatte.

Mein Fenster

Wenn ich morgens aufwache, sehe ich gerade auf mein Fenster. Es steht immer offen, ob mir der Himmel Schnee und Regen bis mitten ins Zimmer hereinwirft oder ob mir die Julisonne hereinsengt.

Gegenüber ist die Kaserne. Das Dach mit seinen vielen Giebeln liegt etwas höher wie meines. In den Giebelfenstern liegt die Morgensonne wie glühendes Kupfer. Ich liege im Bett zwischen Wachen und Schlafen und höre dem Leben da drüben mit halbgeschlossenen Augen zu. Der Tag liegt noch so frisch und unangerührt vor mir.

Vor dem Fenster steht meine Staffelei und wartet auf mich. Ja, dieser Tag soll mir wunderbar werden wie noch keiner. Es soll wirklich alles einmal Gesundheit und Leben sein.

Meine besten Tage sind, wenn es frühmorgens Militärmusik gibt. Da bin ich mit beiden Füßen zugleich aus dem Bett und am Fenster.

Wie die tapferen bunten Jungen da unten aus ihrer Kaserne herausmarschieren in ihren frischen heißen Tag hinein. Und auf der Straße treibt schon alles hin und her.

Ganz leise Morgennebel noch über den entfernteren Dächern. Und aus allen benachbarten Dachluken fahren schlaftruppige Köpfe heraus, die auch die Musik hören wollen.

Dann fange ich an zu arbeiten neben meinem Fenster, und die Luft von draußen fließt mir in Wellen um den Kopf und badet mich immer frischer, und es ist so still hier oben.

Abends, wenn die Arbeit eingeschlafen ist, stehe ich lange am Fenster.

Ja, wo ist mein heller, frischer Tag hingekommen? Er ist doch wieder müde und zerstückelt worden.

– Schwarzrote Abenddämmerung über der Stadt. Zwei stumpfe Kirchtürme, einige starre Fabrikschornsteine und langgestreckte Dächer steigen in den letzten Schein hinauf.

Die Kaserne liegt dunkel, schwarz und ohne Leben. Nur oben sind einige Fenster erleuchtet, und zuweilen streift der Schatten einer einsamen Wache dahinter vorbei.

Darüber nachtschwarzer Himmel oder Sterne, oder der Mond wirft kalte grüne Schimmer über das dunkle Schieferdach.

Unten auf der Straße grade vor mir brennt eine einsame Laterne. Manchmal sehe ich rückwärts in mein freundlich lampenhelles Zimmer.

Ich will an nichts denken, aber wenn ich die Gedanken zur einen Tür hinauswerfe, kommen sie zur andern wieder herein.

Grade hier muß ich an manches denken. Ich bin so tiefeinsam hier oben.

Wo sind meine Genossen geblieben? Früher kamen sie jeden Abend unter mein Fenster, und unser vertrauter Signalpfiff klang zu mir herauf.

Wie ich auf den Ton wartete, und wenn ich ihn hörte, dann war ich unten, meine vier Stiegen hinunter wie der Blitz.

Und dann waren wir bis in die tiefe Nacht zusammen.

Wie wir damals jung waren und begeistert. Die ganze Kunst und das ganze Leben, das hatten wir alles, gehörte alles uns. Und wir waren gute Brüder und teilten uns in alles.

Wo ist die Zeit hingekommen – und alles ist mit ihr gegangen.

Zuweilen denke ich, sie müßten wiederkommen, und ich müßte noch einmal wieder unsern Pfiff hören.

Aber es ist vorbei – und ich bin alleine.

Erinnerungen an Theodor Storm

4

Am grauen Strand, am grauen Meer
Und seitab liegt die Stadt,
Der Nebel drückt die Dächer schwer
Und durch die Stille rauscht das Meer
Eintönig um die Stadt.

Doch hängt mein ganzes Herz an Dir,
Du graue Stadt am Meer,
Der Jugend Zauber für und für
Ruht lächelnd doch auf Dir, auf Dir
Du graue Stadt am Meer.

In Husum, der kleinen, grauen Stadt am Nordseestrand, zieht sich dicht am Hafen eine enge stille Straße hin, genannt die »Wasserreihe«. Dort steht ein schmuckloses Haus, umgeben von einem schwarzen Bretterzaun, über dem uralte Kastanienbäume ihr dunkles Laubdach emporwölben. In diesem Haus wohnte Husums Dichter Theodor Storm lange Jahre seines Lebens hindurch, hier hat er jene Novellen geschrieben, die auf dem Boden seiner Heimat spielen, auf dem Boden dieses abgelegenen, in grauen Nordseenebeln verborgenen Erdenwinkels, dessen intime Reize keiner so wie er zu belauschen und so unvergleichlich wiederzugeben wußte. Seinem bürgerlichen Beruf nach war Storm, solange er in Husum lebte, Amtsrichter. Die Husumer pflegten, in der Liebe und Verehrung für ihren Sänger, seinen Titel stets zu ignorieren und nannten ihn zum Unterschied von zahlreichen Namensvettern nie anders wie »Dich-

---

4 Frankfurter Zeitung Nr. 71/1897, Fußnote der Redaktion: Soeben erläßt ein Komite, dessen geschäftsführenden Ausschuß die Herren Commerzienrat E. Paetel, Dr. Julius Rodenberg und Prof. Erich Schmidt in Berlin bilden, einen Aufruf zur Errichtung eines Denkmals für Theodor Storm, das dem Dichter in seiner Heimatstadt Husum errichtet werden soll. Beiträge sind an die Verlagsbuchhandlung von Gebrüder Paetel in Berlin W, Lützowstraße 7, zu richten. Vielleicht tragen obige »Erinnerungen« dazu bei, dieses schöne Vorhaben zu fördern.

ter Storm«. Er selbst verabscheute alles, was einer Beweihräucherung ähnlich sehen konnte.

Als ihm einmal in einer Abendgesellschaft ein besonders begeisterter Verehrer in etwas aufdringlicher Weise zu huldigen bestrebt war, indem er stets aufs Neue sein Glas emporhob und, Storm zutrinkend, ausrief:»Dichter! – Dichter!«, da wandte Storm sich schließlich ärgerlich mit einem ziemlich laut gemurmelten»Schafskopf« ab und würdigte den armen X. keines Blickes mehr. Er wollte eben wie jeder wahre Künstler nur ein Mensch unter Menschen sein.

Storm hat nie zu denen gehört, die Unrast des Genies auf unruhig verschlungenen Wegen durch die Welt umtreibt. Ihn hat der kleine Kreis, in dem sein Leben verlief, nie im freien künstlerischen Schaffen eingeengt. Er hat sich die seltene Gabe der Lebensfreude am Kleinen und Kleinsten bis ins späteste Alter hinein bewahrt, obgleich das Leben auch ihm manches schwere Herzeleid zugefügt hat. Seine erste Frau, die von seltener Schönheit gewesen sein soll, starb bei der Geburt des 7. Kindes. Ihr hat er die ergreifenden Verse nachgedichtet:

Das aber kann ich nicht ertragen,
Daß so wie sonst die Sonne lacht,
Daß wie in deinen Lebenstagen
Die Uhren gehen, Glocken schlagen,
Einförmig wechseln Tag und Nacht;

Daß, wenn des Tages Lichter schwanden,
Wie sonst der Abend uns vereint;
Und daß, wo sonst dein Stuhl gestanden,
Schon andre ihre Plätze fanden
Und nichts dich zu vermissen scheint.

Indessen von den Gitterstäben
Die Mondesstreifen schmal und karg
In deine Gruft hinunterweben
Und mit gespenstig trübem Leben
hinwandeln über deinen Sarg.

Storm heiratete später noch einmal. Sein Familienleben war auch in zweiter Ehe das denkbar glücklichste. Seine Gattin wußte mit liebevollem Verständnis das Heim des schaffenden Mannes zu einer wohltuenden Häuslichkeit zu gestalten, und die Kinder hingen mit fast schwärmerischer Verehrung an ihm, dessen heiter jugendfrisches Gemüt Verständnis für alles hatte, was jung und frei emporwuchs. Das Storm'sche Haus war eine wirkliche Idylle, man mochte kommen, wann man wollte, an Winterabenden, wenn die zahlreiche Familie beim warmen Kaminfeuer beisammen saß und der Dichter mit seiner klangvollen, etwas leisen Stimme vorlas, manchmal seine eigenen Werke – oder an Sommertagen in dem lauschigen Garten, den er selbst mit liebevoller Sorgfalt pflegte. Storms äußere Erscheinung hatte etwas von einer Märchengestalt an sich, der kleine, etwas gebeugte Mann mit dem langen, schlohweißen Bart und den milden hellblauen Augen, der in seinem schwarzen Beamtenrock so still und unauffällig einherging. So sah man ihn Tag für Tag, im Sommer mit einem breitkrempigen, weißen Strohhut, winters mit brauner Pelzmütze und dickem, weißem Shawl um den Hals, durch die winkeligen Gassen der kleinen Stadt gehen, um seinen Amtsgeschäften obzuliegen oder seinen Spaziergang zu machen.

Storms Lieblingsweg war der Seedeich, der, hart an der Stadt beginnend, sich meilenweit in die grüne Marsch hineinschlängelt. Gegen Westen blickt man auf das Meer mit den vorgelagerten, meist »wie Träume im Nebel« liegenden Inseln und landeinwärts auf weite grüne Wiesenflächen, die in unabsehbarer Ferne mit dem Horizont verschwimmen. Mit der Heimatliebe aller eingebornen Küstenbewohner, die selbst in der schönsten Gebirgs- oder Waldgegend die andern oft unverständliche Sehnsucht nach diesem unendlich weiten Horizont ihres Flachlandes nicht los werden, hing Storm an seiner Heimatgegend. Stundenlang konnte er an Sonntagen dem Anschlagen der Wellen gegen den Strand und dem einförmigen Schrei der Seevögel lauschen oder in die rotblühende Heide, die sich auf der andern Seite der Stadt hindehnt, hineinwandern.

In religiösen Sachen war Storm völliger Freidenker und pflegte auch mit seiner Meinung nicht hinter dem Berge zu halten. Das war vielleicht das Einzige, wodurch er die strenge an dem guten alten

Brauch des sonntägigen Kirchganges festhaltenden Mitbürger hier und da vor den Kopf stieß, ausgenommen noch, daß einige besonders charakterfeste ältere Damen der Gemeinde manchesmal an den »zu freien« Stellen seiner Werke Ärgernis nahmen. Aber im Ganzen war man doch milde und tolerant in der kleinen Stadt und »vergab« dem Menschen, was der Dichter etwa »fehlen« mochte, und Storms liebenswürdige Persönlichkeit trug über alle Bedenken gegen seine Ansichten in diesen oder jenen Lebenssachen stets den Sieg davon.

Eines eigentümlichen Zuges möchte ich hier noch Erwähnung tun. Storm glaubte trotz seiner rationalistischen Lebensauffassung an alle möglichen Geister. Es war so eine Art Märchenglauben in ihm. Er verkehrte viel in der Familie des Landrats,[5] dem das alte, malerisch von Ulmen umkränzte Schloß Husums mit seinen weiten Räumen, großen Sälen, Wendeltreppen und unheimlich düsteren Gängen zur Amtswohnung diente. Nachdem Storm Husum schon verlassen, kehrte er alljährlich zu längerem Besuch im Schlosse ein und war dann durch keine Macht der Welt zu bewegen, sein Quartier in einem der ziemlich zahlreichen Zimmer aufzuschlagen, in denen es »spuken« sollte. Abends vermochten wir Kinder ihn öfters zum Erzählen von Geister- und Spukgeschichten, dann konnte ihn selbst das Gruseln so heftig ankommen, daß er stets eines von uns als Begleitung mitnahm, wenn er sich nach den entlegenen Gastzimmern, die er bewohnte, begeben wollte.

Damit habe ich schon vorgegriffen. Im Jahre 1880 verließ Storm Husum, um frei von Amt und Bürden seinen Lebensabend in dem anmutigen holsteinischen Dörfchen Hademarschen zu beschließen. Er baute sich dort ein eigenes Haus und lebte die Jahre, die ihm noch vergönnt waren, nur seinem Schaffen und seiner Häuslichkeit. Jedes Jahr kam er auf längere Zeit wieder nach Husum. Der Abschied von der alten Heimat wurde ihm stets aufs Neue schwer und er sprach in den letzten Jahren sogar davon, sich wieder ganz dort niederzulassen. Aber es kam nicht mehr dazu. Theodor Storm starb im Juni 1888. Er war schon lange schwer leidend gewesen, aber vom Sterben wollte er nie etwas wissen. Ihm, der zeitlebens ein Priester des Schönen gewesen, erschien der Tod als etwas Häßliches, Grau-

---

[5] Verfasserin ist ein Kind dieser Familie.

envolles und er sprach oft in bezug auf sein Alter davon, wie schön auch das Abendrot noch sei, wenn die Sonne niedergegangen.

In seiner grauen Stadt am Meer liegt er begraben, auf dem kleinen, lindenbeschatteten, alten Kirchhof. Die Husumer haben ihren Dichter nicht vergessen und legen ihm noch manchen roten Heidekranz auf die schmucklosen, grauen Steinplatten nieder, welche die Storm'sche Familiengruft decken.

In seinem Testament hatte Storm ausdrücklich verlangt, ohne Geistlichen und ohne Glockenklang begraben zu werden. Kurz vor seinem Tode hatte er noch einmal darauf hingewiesen, daß er sein letztes Bekenntnis in folgenden Worten seines Gedichtes »Ein Sterbender« niedergelegt habe:

»Auch bleib' der Priester meinem Grabe fern,
Denn nicht geziemt sich's, daß an meinem Sarge
Protest gepredigt werde dem, was ich gewesen,
Indeß ich ruh' im Bann des ew'gen Schweigens.«

Totenfeier

6

Wir hatten uns einmal heiß und leidenschaftlich geliebt. Damals waren wir beide jung und traurig und litten am Leben wie an einer Krankheit. – Einer ließ den andern in sein Leid hineinblicken und dann kam es allmählich zu dem gewöhnlichen Ende der idealen Jugendfreundschaften zwischen Mann und Weib. Wir träumten von Seelenharmonie, aber in Wirklichkeit redeten nur unsere Sinne miteinander.

Dunkle Naturstürme erwachten und trieben ihr Spiel mit uns. Jeder Blick, jeder Ton, jede leiseste Berührung schauerte ein neues, heißeres Begehren in uns hinein. – Wir lasen damals die »Kreutzersonate« und redeten und schwärmten eine Zeitlang von Reinheit und platonischer Liebe, und dabei fühlte jeder, wenn er den andern ansah, daß das törichte Lügen waren, die vor dem Leben in Nichts zerfielen.

Die Reaktion der Natur kam in plötzlicher Erkenntnis, und mit der vollen Vehemenz unserer ungehemmten Jugendkraft warfen wir uns einem rasenden Sinnenrausch in die Arme. –

Und dann, als der Rausch ausgebraust und das Gefühl der matten Ernüchterung kam, da hatten wir den richtigen Zeitpunkt des Auseinandergehens versäumt.

Darüber kam es alles.

Wir konnten nicht mehr zusammenbleiben. Die äußeren Verhältnisse trennten uns. Da begingen wir den großen Fehler. Wir verlobten uns, das heißt: wir wollten aneinander festhalten, uns treu sein und uns später heiraten.

Wir schrieben uns. Lange, öde Briefe. Pflichtschuldig verhandelten wir alles miteinander, was wir lebten und dachten – aber unser Interesse berührte sich nicht in allen diesen Dingen. Nur am Schluß des Briefes – da kamen Worte, aufregende Liebesworte, die brann-

---

6 Die Skizze »Totenfeier«, bisher nicht publiziert, wurde wahrscheinlich 1893/1894 geschrieben.

ten wie heiße Umarmungen und brachten wollüstige Träume ins Gehirn und in die Glieder. –

Zwischendurch sahen wir uns wieder. Aber dann waren die Hindernisse – die anderen Menschen, die uns für verlobt hielten und von unserm wahren Verhältnis nichts ahnten.

Nur für Augenblicke konnten wir uns dann die Einsamkeit zu zweien stehlen, die unserer brennenden Sehnsucht not tat.

Das waren Zeiten qualvoller und befriedigungslos aufreizender Erregungen. Einmal waren wir nach langer Trennung wieder allein zusammen. – Im Mai, an einem fremden Ort, wo wir uns sicher wußten.

Kurz vorher waren Mißverständnisse zwischen uns gewesen. Peinliche, schriftliche Auseinandersetzungen.

Auf beiden Seiten war erst ein unangenehmes Gefühl zu überwinden. Es war eben etwas zwischen uns getreten. – Dann Aussprache und es war alles wieder gut.

Und wieder erlagen wir unseren Sinnen. – Aber die Schönheit war davon.

Wir wohnten im Hotel – als Ehepaar – unter falschem Namen.

Tagsüber machten wir Ausflüge. Und nachts versuchten wir, unsere sterbende Liebe wieder aufzuwecken.

Es war anders wie früher.

Eine quälende Nervosität überfiel uns mitten in den glühendsten Umarmungen, und unter den wildesten Küssen riß es uns plötzlich aus den nachtschwülen Betten empor und jach auseinander.

Dann suchte jeder für sich für den Rest der Nacht sein Lager auf, und wir schliefen bis tief in den Morgen hinein.

Der Mißklang zitterte den Tag über in uns nach – und die nächste Nacht kam es wieder.

In dieser Qual schien uns beiden die kurze Zeit unseres Beisammenseins zu einer Ewigkeit ausgerenkt.

Nach einer Woche mußten wir uns wieder trennen. Jeder kehrte zu seinem gewöhnlichen Leben zurück.

Mit einem gereizten, fast feindlichen Gefühl sah ich ihn fortfahren und mir noch lange zurückwinken. Dann kam der Zug nach Norden und ich stieg ein.

»Der Herr war wohl Ihr Bräutigam?« fragte ein ältlicher Reisegefährte in wohlwollendem Ton.

»Ja«, sagte ich und machte ein glückliches Gesicht, versank dann in meine Fensterecke und träumte mich durch die vergangenen Tage und Nächte zurück.

Dabei ging eine Veränderung in mir vor ...

In dem monotonen Hinfahren durch die stille Lüneburger Heide ebneten sich die widerstreitenden Empfindungen. Die Nerven wurden wieder ruhig. Die Gereiztheit verlor sich. Ein lässig wohliges Gefühl, eine genußträumende Ruhe schmeichelte mir durch die Glieder.

Ein paar Tage blieb das so, ein paar Tage.

Dann kam die Zeit, wo zerstörende Kräfte in mein Leben eingriffen und es von Grund auf durchwühlten. Ich mußte das alles allein durchmachen. Was ich bisher meine Liebe genannt hatte, schlich nur wie ein ohnmächtiger Schatten neben den mich bewegenden Ereignissen her.

In dem furchtbaren Anstemmen gegen das Schicksal und in dem Kampf mit den Menschen, die sich mir gegenüber als seine Werkzeuge aufwarfen, wäre meine einsame Kraft fast gebrochen.

Da, wo ich einer zweiten, vollen Kraft bedurft hätte, war meine Liebe mir nichts gewesen. Ich hatte sie in jener Zeit fast vergessen.

Und als ich dann dem Leben wieder ins Auge sehen konnte, wußte ich, daß ich allein war, ganz allein. Toteinsam – und totmüde.

Aus der Stadt, wo mein Leben Schiffbruch gelitten hatte, ging ich fort in die Einsamkeit – an einen weltfernen Ort zwischen Meer und Heide. – Von da schrieb ich den Brief, der uns trennen sollte.

Zwischen den Zeilen des Briefes starb meine Liebe. Nur die letzten heißen Schmerzen, die während des Schreibens in mir auszuckten, ließen mich fühlen, daß sie einmal gelebt hatte.

Er schrieb nicht wieder. Er kam selbst. Er stand eines Tages vor meiner Tür.

Der Nachmittag lag in schweren grauen Wolken über der Marsch. Die Kühe brüllten dumpf gegen den Himmel und einzelne Seevögel schössen kreischend an uns vorbei. Wir gingen nebeneinander auf dem breiten Marschwege durch den Koog.

Er fragte mich vieles, und durch seine hastig nervösen, abgerissenen Fragen vibrierte eine wahnsinnige Aufregung.

Ich brachte jede Antwort nur in stumpfem, trocknem Ton heraus. Mir war die Kehle wie zugeschnürt, und wo sonst das Herz gewesen war, fühlte ich nur einen schweren Druck.

Es war tot und schwieg dadrinnen – aber um seinetwillen sehnte ich mich, daß es noch einmal reden möchte. Über uns am Himmel brach das Gewitter los, der strömende Regen sauste und peitschte und goß um uns her. Wir fanden ein kleines Wirtshaus an der Innenseite des Deiches und sahen von der niedrigen Gaststube in das Wetter hinaus.

Dann kam es, als ob die Spannung, die auf uns lag, sich allmählich löste. Ein elementares Empfinden, über das ich mir keine Rechenschaft geben konnte, trieb mich, riß mich in seine Arme und löste mir die Sprache.

Er hörte schweigend zu und zog nur meinen Kopf näher an seine Brust heran, wo er so oft geruht hatte.

Ich fühlte, wie er auf mich niedersah und fühlte seine heißen Tränen auf meiner Stirn. Es schnitt mir stechend durchs Herz.

Er war glücklicher als ich – in dem Augenblick –, er litt er konnte noch leiden.

In mir war alles starre, leblose Dunkelheit.

Mir tat nur noch weh, daß es in ihm noch zuckte und leben wollte, was ich getötet hatte.

Die Flut ging wieder ins Meer hinaus, und das Gewitter ging mit hinab.

Vor den Fenstern wurde es klar, und die Natur lachte erfrischt auf.

Bis in den Abend hinein hatten wir so, traurig umschlungen, in der dumpfen Stube dagesessen mit unserer toten Liebe.

Als wir ins Freie hinaustraten, lag es wie Kirchhofsfrieden um uns her. Das letzte rote Abendlicht lag weit hinaus auf dem Meer, das sich wie ein matter Spiegel in großen, blaugrünen Flächen hindehnte. Langsam gingen wir am Strande entlang, dem Dorf zu. Eine dunkle, schweigende Mauer lag der Deich hinter uns. Gegen den fahlen Abendhimmel zeichnete sich die gespensterhafte Silhouette eines Pferdes ab, das den einen, mit schwerer Kette belasteten Fuß klirrend nachschleppte.

Als wir an den Hafen kamen, lag er im Mondschein da. Dann zogen Wolken über den Mond und alles ging in Nacht unter. –

Und wir hatten unsere tote Liebe begraben. –

Ein Bekenntnis

Die junge Frau hat es mir selbst erzählt an einem Abend, als wir zusammen vor dem Kamin saßen, und das Märchenlicht der rotumschirmten Lampe in ihre träumerischen grauen Augen hineinsank. Wir hatten vorher von der Nordsee gesprochen.

»Es war damals, als wir eben verheiratet waren. Der Arzt schickte mich ins Seebad, während Adolf eine sechswöchige Übung zu machen hatte. – Man fürchtete damals für meine Lunge. – Es war so schwer, sich trennen zu müssen, wo das Glück eben angefangen hatte.

Wir waren bis zu einer kleinen Heidestation zusammen gereist, dann fuhr mein Mann landeinwärts, und ich der Marschgegend zu.

In dem kleinen Badeort kam ich um Mittag bei strömendem Regen an und hatte bald eine Wohnung gefunden. Von dem Balkon aus konnte ich auf das Meer sehen. So hatte ich es mir gewünscht.

Die ersten Wochen lebte ich ganz einsam, nur meinen Gedanken und meiner Gesundheit. Ich lag am Strande oder machte weite Spaziergänge am Deich entlang und zuweilen mehr landeinwärts in die blühende Heide hinein, und wenn ich heimkam, ließ ich mir das Ruhebett auf meinem Balkon herrichten und brachte lange Stunden damit zu, auf die Nordsee hinauszusehen. Da kam dann die Vergangenheit mit Heimatsklängen vom Meer herauf, traurige, mit tiefem Weh ins Herz einschneidende Töne. Und mir fehlte die warme greifbare Gegenwart meines Glückes, um die Schatten zu vertreiben.

Mit quälender Unruhe konnte es mich oft erfassen, und als ich etwas kräftiger geworden war, fuhr ich oft allein im Boot in das Meer hinaus, zuweilen, wenn der Abendhimmel feine goldrote Reflexe auf die lichtgraue, wunderbar ruhige Meerfläche warf und dann dunkler und dunkler wurde, bis ich die das Fahrwasser bezeichnenden»Baken« kaum mehr unterscheiden konnte. Oder an anderen Tagen, wenn die See stürmische Wellen gegen die Steindämme warf und meine kleine weißgetünchte Nußschale wie eine Möwe mit den Wellen auf und nieder tanzte. Wenn ich dann heimkam, schüttelten die Schiffer den Kopf und bei den Badegästen galt ich bald für tollkühn oder lebensmüde.

Aber mir war es am liebsten, wenn das Meer so ungestüm war. Es kam mir dann auf einmal ein so wilder Lebensmut, ein so intensives Lebensgefühl in die Adern, daß mir das Herz laut klopfte, und ich es nicht lassen konnte, laut in das Wellentoben hinauszujauchzen und hinauszusingen.

Die mitgebrachte Arbeit blieb gänzlich liegen. In dieser Zeit war die Ruhe viel zu schön, um zu arbeiten. –

Mein einziger Verkehr war ein alter Herr, den ich einmal beim Mittagstisch kennengelernt hatte, und der meistens durch ein schweres inneres Leiden an sein niedriges Zimmer bei einem Fischer gefesselt war. Er schalt oft über meine Unvorsichtigkeit und weissagte mir die Schwindsucht, wenn ich hustete. Zuweilen erzählte er mir von seinem Leben, und dann schalt er auf die verdammten Weiber. Er schalt überhaupt immer auf irgend etwas, aber ich kam doch gerne zu ihm und war sehr traurig, als er eines Morgens ohne Abschied fortgereist war. Er wird wohl nie wieder an die See gekommen sein. Der Tod sagte sich schon damals deutlich in seiner fahlen Gesichtsfarbe und in den immer starrer werdenden Augen an.

Die letzten Wochen gingen ganz anders hin. Das Meer hatte mir die Gesundheit wiedergebracht, und die Trennungszeit ging zu Ende. Ich fühlte mich in nie gekannter Wonne am Leben wieder jung und gesund werden. Die krankhaften Gedanken gingen von mir, ich sah zum ersten Mal das Leben lachen. –

Dann lernte ich verschiedene Menschen kennen und war schließlich in eine lustige Gesellschaft hineingekommen, die sich aus allen Gegenden Deutschlands zusammengefunden hatte und dem Lebensgenuß in allen Formen, die das kleine Seebad darbot, fröhnte. Es waren drei Rheinländer darunter, die es verstanden, Leben in die Gesellschaft hineinzubringen. Mit einem von ihnen, der bei der Gesellschaft den Spitznamen ›Aujust‹ führte, war ich besonders gut Freund.

Eine tolle, frohe Jugendlust war unter diesen Menschen über mich gekommen. Aujust war der fleischgewordene Sonnenschein –

Siegfried – mit einem Sprung mitten auf die Bühne. Und seine Lebensfreude teilte sich allen mit. Alle hatten ihn gern. Hundertmal konnte er in seiner naiven Naturwüchsigkeit im Gespräch oder in den Umgangsformen den vorgeschriebenen guten Ton verletzen, niemand brachte es fertig, ihm böse zu sein. Daß er seinen Ehering in der Westentasche trug und daheim Weib und Kind hatte, wußte man allgemein, und er selbst machte kein Hehl daraus, daß er dem Ewigweiblichen, wo er nur konnte, seine Huldigungen darbrachte. In dieser Zeit war alles schön. Und wenn es so geblieben wäre, so wäre alles gut gewesen. Aber es brauchte nur ein geringes Etwas, um zwei Naturen, wie die unsrigen, in einem gefährlichen Punkt zusammentreffen zu lassen. Das kam an einem milden Morgen.

Wir waren nach einem kleinen Deichwirtshaus weit draußen an der Landspitze gegangen, die drei Freunde, Fräulein Mahr, eine Ostpreußin, und ich. In der kleinen Weinlaube des Wirtsgartens saßen wir und tranken Grog. Der Doktor S. bändelte mit dem Schenkmädchen an, sie mußte sich zu uns setzen und mittrinken. Der alte Stadtrat und Fräulein Mahr gingen früher zurück.

Die Lustigkeit fing an wild zu werden. Die Liese hatte sich an des Doktors Seite gesetzt, er umschlang sie und wurde immer dringender. Sie wehrte sich, es wurde ein förmliches Ringen unter Toben und Lachen. Wir beiden sahen zu, uns stieg das Blut heiß zu Kopf.

Aujust lehnte sich an mich: ›So sieh doch, wie die es machen, komm, Kind, komm.‹

Ich lachte ihn gezwungen aus. Ich fühlte, wie er unter dem heißen Begehren litt, und wie jung wir beide waren, und wie sich von dem Augenblick an ein sinnliches Moment in unsern Verkehr drängte.

Dann stand ich auf und zog ihn mit hinaus ins Freie. ›Nach Hause, Aujust, wir müssen gehen.‹

Der Doktor und Liese waren auch aufgestanden. Er hielt sie wild und fest im Arm. Ich gab ihr die Hand, sie machte einen Arm von ihrem Bedränger los und hielt mir eine rote Nelke hin. ›Zum Abschied.‹ –

Aujust hatte meinen Arm genommen und tobte seine Glut in Worten aus, während wir auf dem Deich warteten, bis der Doktor uns heiß und atemlos nachkam. Mit brennenden Köpfen und wie zerschlagen kamen wir alle drei um Mittag heim. Wie ein glühender Wüstenwind hatte der Sinnentaumel uns alle gestreift.

Am nächsten Tage wollte ich abreisen. Abends feierten wir Abschied. Da kam die Stimmung vom Morgen wieder in unser Zusammensein. – Gegen Mitternacht hatte sich der größte Teil der Gesellschaft zurückgezogen. Wir hatten erst im großen Gasthaussaal gesessen. Es war Klavier gespielt und getanzt worden. Der Doktor stellte dem hübschen Schenkmädel nach. Dann, ich weiß nicht mehr wie es gekommen war, saßen Aujust und ich mit unsern Gläsern draußen auf der Bank vor dem Hotel, und wie es dann kam, daß wir über allerhand intime Sachen redeten. Von der Ehe sprachen wir, und es faßte mich unendlich traurig an, auch aus diesem lachenden Mund das alte Lied von der Ehe zu hören, leidenschaftliche Liebe, Glut, Sinnenrausch, Ernüchterung – und dann das ganze Leben miteinander fortleben zu müssen.

Ich war weich gestimmt und zugleich sinnlich erregt, er legte seinen Arm auf die Rückwand der Bank, und ich lehnte mich daran.

›Und morgen gehst du nun auch fort, dann habe ich meine tolle Ella nicht mehr. Dann ist auch das wieder vorbei. – Warum willst du fort?‹

›Aujust, ich gehe ja zu meinem Mann.‹

›Hast du ihn lieb?‹

›Und ob ich ihn lieb habe! Und das dauert auch. Ganz gewiß, Aujust.‹

›Hast du mich denn nicht auch ein bißchen lieb, Ella? – So sei doch ein wenig toll heute Abend. Du bist ja so still.‹

›Mir wird das Fortgehen von euch allen schwer. Unser Zusammenleben hier war doch so schön und fidel.‹

Wir schwiegen beide eine Zeitlang, dann fing er wieder an:

›Kind, willst du mir nicht zum Abschied einen Kuß geben, nur einen?‹

›Ach, warum denn, Aujust, geht es nicht ohne das? Siehst du, ich tu' es nicht gerne.‹

›So mach' doch, Kind, du bist ja ganz töricht heute abend.‹

Ich fand mich selbst töricht in dem Augenblick; was war es denn?

Und er zog mich warm an sich und murmelte: ›Du gute Maid, du tolles, liebes Kind, habe Dank.‹ – War das Sünde? Mein Gewissen regte sich nicht. Es war so anders, so ganz anders – wie früher bei anderen. Es war so traurig und so sinnlich zugleich.

Fräulein Mahr kam zu uns hinaus, die anderen waren heimgegangen.

Dann kam Käthe, die Kellnerin, um nach dem Doktor zu fragen. Der war schon zu Bett gegangen, der alte Stadtrat auch. Die drei Freunde wohnten zusammen, es war nicht weit weg, und Aujust machte den Vorschlag, sie wieder zu holen.

Jeder von uns nahm sein Glas mit, und wir gingen die kleine Gasse hinab, klopften ans Fenster, stießen mit den mitgebrachten Gläsern dagegen, bis wir die beiden glücklich aus ihrem Schlaf aufgerüttelt hatten, und sie in flüchtig übergeworfener Bekleidung zum Fenster hinaussprangen.

Dann ging es ins Gastzimmer zurück, wo das Gelage von neuem begann, toll, jugendlich, ausgelassen bis zur vollsten Orgie.

Fräulein Mahr und der Stadtrat präsidierten mit einem Rest von Vernunft.

Ein Berliner Opernsänger, Harry genannt, seinen wirklichen Namen weiß ich nicht mehr, raste am Klavier eine wilde Tanzmusik daher, Aujust und ich tanzten um den Tisch herum. Der Doktor hatte sich eine große Schürze vorgebunden und hantierte mit Käthe am Schenktisch. Umgestürzte Gläser, wildes Lachen und das erste Tageslicht schon in den Fenstern.

Gegen vier Uhr waren alle müde geworden.

Der Doktor und Käthe waren stillschweigend verschwunden und kamen nicht wieder.

Aujust wollte mich nach Hause bringen. Er war wahnsinnig erhitzt und aufgeregt. Wir gingen durch die mondhellen Straßen des kleinen Strandortes.

Wie vorhin bat er, aber jetzt glühend und brünstig: ›Kind, Kind, so küß mich, küß mich doch.‹

In mir tobte und brandete die Lust immer wilder. Als wir an meiner Haustür standen, küßte er mich mit brennendem Mund wieder und wieder. Dann warf ich mich wild in seine Arme.

›Mein tolles, tolles Kind!‹ –

Dann gingen wir an den Deich hinaus bis zur ersten grünen Bretterbude. –

Ich kam erst in der vollen Morgensonne wieder nach Hause, warf mich aufs Bett und lag bis gegen Mittag in schwerem Schlaf.

Dann ging ich nach dem Gasthaus hinüber, um von allen Abschied zu nehmen. Aujust war nicht da. Man sagte mir, er schliefe zu Mittag. Ich ging nach seinem Quartier. Das Fenster stand offen. Als ich anklopfte, fuhr er verschlafen vom Sofa in die Höh', lehnte sich dann mit verschränkten Armen auf das Fensterbrett.

›Ich wollt' dir Adieu sagen.‹

›Kind, bist du mir böse?‹

›Nein, Aujust, das kann ich nicht.‹

›Aber Kind, du, das war ein verflucht dummer Spaziergang gestern, verzeih' mir, das kam eben so.‹

›Ich bin dir nicht böse.‹

Am Bahnhof sagten wir uns das letzte Lebewohl. Als der Zug sich in Bewegung setzte, rief Aujust mir noch mit seinem alten sonnigen Lachen nach: ›Leb wohl, du tolles Kind.‹

– Als ich meinen Mann wiedersah, hatte ich alles andere vergessen. Es lag wie ein schwerer, wüster Traum hinter mir, von dem nur zuweilen die Erinnerung mit dumpfer Reue in mir aufzuckte. Dann habe ich lange nicht mehr daran gedacht, bis an einem Abend, wo wir zusammen in besonders lustiger Gesellschaft gewesen waren.

Da kam die Erinnerung plötzlich und gewaltsam über mich und ich sagte ihm alles.

Und er begrub meine Schuld in seine Liebe. –

»Haben Sie nie wieder von jenem Aujust gehört, gnädige Frau?«

»Doch ja, noch ein Mal, etwa drei Tage nach unserm Abschied«, – die junge Frau stand mit ihrer müden Bewegung auf und ging an den Schreibtisch. Dann reichte sie mir eine Postkarte, die mit Versen in einer kleinen festen Handschrift beschrieben war.

»Fahr wohl, mein Lieb, der Abend, graut,
Fahr wohl, wir müssen uns trennen.
Das Scheiden ist ein bittres Kraut,
Von heißen Tränen ist's betaut
Und seine Blätter brennen. –
Schau mich noch einmal lächelnd an,
Das will ich zum letzten bitten. –
Du hast mir viel zu Lieb getan
Und treulich wollt ich zu Dir stahn,
Die Welt hat's nicht gelitten.
Dort drüben am Meer eine Weide steht,
Die Äste neigen sich nieder,
Ein Blatt sich wirbelnd zur Erde dreht,
Wer weiß, wohin es der Wind verweht,
Zurück kehrt's nimmer wieder.
Drum fahr' wohl, Ella, fahre wohl.
Mög' Dich das Glück geleiten,
Seit unserm Abschied glaubst Du wohl,
Ist Aujust toller noch als toll,
Er kann das Scheiden nicht leiden. –

Dies als traurigen Abschiedsgruß von Deinem traurigen Aujust.«

– Ich gab ihr die Karte zurück, und sie legte sie schweigend und müde wieder in das Fach zurück. –

Vater

Mein Vater starb plötzlich. Wir waren vor zwei Jahren im Zorn voneinander gegangen. Ich hatte damals meinen Willen durchgesetzt, ich stand allein draußen in der Welt, und das Leben wehte stürmisch um mich her.

Zuerst hatte ich gehört, daß mein Vater krank sei. Ein leidenschaftlich zorniger Brief meines ältesten Bruders, der mir in erregten Worten die Schuld beimaß, hatte mich davon benachrichtigt. Das brüderliche Schreiben hielt sich in Ausdrücken, die mir jede Annäherung, jede Nachfrage unmöglich machten.

Von Fernstehenden hörte ich kurze Zeit darauf, mein Vater habe sich erholt. Und dann kam eines Tages das Telegramm, daß er im Sterben liege.

Ich konnte nicht vor Nachmittag reisen, und während des Morgens kam ein Telegramm um das andere, alle von meinem jüngsten Bruder, der mich ohne Wissen der übrigen Familie benachrichtigte – eins um das andere: Zustand hoffnungslos – Zustand unverändert – Nicht kommen – und so fort.

An demselben Morgen kam ein Brief von dem Manne, um dessentwillen ich mit den Meinen gebrochen hatte. Ich konnte ihn kaum lesen, und er war mir auch gleichgültig – jetzt so unsagbar gleichgültig.

Wie sonderbar, daß ich ihn damals geliebt hatte.

Ich fuhr ab.

Acht Stunden, bis ich daheim sein konnte – zu Hause! Ja, ich fuhr nach Hause, nach zwei Jahren wieder nach Hause. Wie gut das war. Ich sagte es mir selbst immer wieder vor: nach Hause!

Das mußte den brennenden, aufsteigenden Schmerz kühlen. Zur Mutter! Ihr in die Arme. Mutter! Schluchzen dürfen, Mutter! Stammeln dürfen – so hatte ich es noch nie sagen können.

Acht Stunden am schwülen Julitag im sonnendurchglühten Wagen, acht Stunden mußte ich in qualvoller Aufregung dahinfahren.

Wird er noch leben? Werde ich noch vor ihn hinknien können, seine sterbenden Hände küssen, in seine verlöschenden Augen sehen, reuig und sehnsüchtig? Oder wird er meine Schuld unvergessen mit hinabnehmen?

Es wurde Abend. Ich war allein und fuhr durch mir bekannte Landschaften, und meine Aufregung wuchs zum Wahnsinn, zur Todesangst. Wird er noch leben? Eine Stimmung, ein Ton, ein Kindheitston wurde in mir wach, ein seltsamer, lang vergessener, und er zitterte nur noch wehmütig gebrochen in mir auf.

Meine Hände wollten sich falten, aber sie krampften sich nur wütend ineinander und über meine Lippen kam ein irrsinniges Stammeln. Er muß noch leben, er muß noch leben!

Draußen war es Nacht.

Ich fühlte nicht mehr, daß ich mich bewegte und lebte, ich fühlte nur, wie meine fiebernde Stirn gegen die kalten, glatten Fensterscheiben stieß und wie meine Zähne in Frostschauern aufeinander schlugen.

»Bitte, die Billetts!« Wir waren dicht an der Stadt.

Die Türme stiegen gegen den dunklen Nachthimmel auf. Die Bahnhofslichter flackerten unruhig. Die große Uhr stand auf elfeinhalb, als der Zug einfuhr. Der Perron war nachtverödet und leer. Ich stieg mechanisch aus.

Wo war ich, und was wollte ich da, wo ich jetzt war? Zwei dunkle Gestalten kamen heran: mein jüngster Bruder mit einem älteren Herrn, einem Geistlichen, welcher der Familie nahe stand. Mein Bruder und ich lagen uns einen Augenblick in den Armen und sahen uns durch Tränen der Verzweiflung an.

Dann zog er sich zurück. Der Priester hatte mit mir zu sprechen im Auftrage meiner Mutter und der anderen. Ein kalter, harter Auftrag war es: – alles, was meine Mutter mir in diesem Augenblick zu sagen hatte, war: »Geh wieder fort, du hast hier nichts mehr zu suchen.« – Meine Mutter hatte recht: so sagte mir der Geistliche wenigstens. Ich hatte mich ja von ihnen losgelöst, und nun gehörte ich nicht mehr zu ihnen. Meine Schuld mußte sehr schwer gewesen sein, wenn meine Mutter mir das sagen konnte.

– Du hast hier nichts mehr zu suchen. – Am Sterbebett deines Vaters hast du nichts zu tun, du hast kein Recht um ihn zu trauern, kein Recht an dein Zuhause, geh wieder hinaus in die traurige Welt. Unstet und flüchtig sollst du sein, aber zur Variation der alten Legende wollen wir dir das Kainszeichen nicht auf die Stirn, sondern ins tiefste Herz hineinbrennen, an die weichste, verwundbarste, geheimste Stelle, die nie wieder heilen kann, und wo es doch keines Menschen Auge sieht, wenn es schmerzt und blutet. –

Der Priester ging. Seine Mission war vollbracht. – Habe Dank für dein Evangelium, du Mann des Friedens. –

Ich stand allein auf dem Bahnhof. Ich war völlig bei Sinnen. Mein Vater lebte noch und (so hatte der fromme Mann gesagt):»Sie werden ihn nicht sehen und wenn ich selbst mich vor die Tür stellen müßte.«

Ich ging zu guten Freunden, die um meinen Bruch mit der Familie wußten, und die nahmen mich auf, ohne viel zu fragen.

– Dann kamen zwei Tage, an denen ich brünstig wünschte, sterben zu dürfen.

Mehrmals am Tage ging ich zum Arzte, der meinen Vater behandelte, und holte mir Nachrichten, die zwischen völliger Aussichtslosigkeit und schwacher Hoffnung wechselten. Am Mittwochnachmittag hieß es: Er wird die Nacht nicht mehr erleben.

Ich weiß nicht, wie ich dann aus dem Hause des Arztes und aus der Stadt hinausgekommen war. Da lag ich an der Erde in dem kleinen Gehölz und wußte, daß mein Vater starb, daß es vorbei war. Mein Kopf war wie leergebrannt. Die Gedanken schwirrten wie Mücken in dem öden Schädel herum, und ich vermeinte es zu fühlen, wie sie summend gegen die Innenwände stießen.

Als ich zu meinen Gastfreunden zurückkehrte, war eine Botschaft von meiner Familie da – noch kälter und unbarmherziger wie die vorige. Mein Vater war gestorben, und jetzt durfte ich kommen und ihn noch einmal sehen.

Auf dem Bett im kahlen Krankenzimmer lag etwas Kaltes, Lebloses, Schreckliches, und das war mein Vater gewesen. Und ich kniete davor und wußte nur, daß er es nicht mehr war, daß es für alle Zeiten zu spät war.

Gebrochen und in wahnsinnigem Schmerzausbruch warf ich mich über die kalten Glieder meines Vaters hin. Die glühenden Tränen seines verlorenen Kindes mußten seine eisige Stirn und seine toten Hände netzen, und zur Vergebung war die Zeit vorüber. –

Dann kamen Menschen ins Zimmer.

Jemand zog mich vom Bett in die Höhe. Es war mein ältester Bruder.

Für eine Minute zog uns der Kummer in eine traurige, geschwisterliche Umarmung. Ich weiß nur noch, daß mich der Bruder in seinen Armen hielt und daß der Priester da war, und seine Stimme schwirrte mir mit kalten Worten in den Ohren.

Meine Mutter wollte mich nicht sehen. Ich blieb noch einen Tag in der Stadt. Als der Abend kam, ging ich aus. Das Haus meiner Eltern wollte ich noch einmal sehen, und ich ging um den Wall nach der alten, bekannten Straße, und dann viele Male um das Haus herum, am Gartenzaun entlang. An der Südseite standen die Fenster offen. Die Vorhänge waren nicht herabgelassen. Da saßen sie beim Lampenlicht um den Teetisch.

Ich sah meine Mutter, meinen Bruder, konnte verstehen, was sie sprachen. Ich packte das Gitter und dachte einen Augenblick daran, mich an ihm aufzuspießen. Wahnsinn. – Aber erschießen konnte ich mich. Meinen Revolver hatte ich ja mitgenommen. In all die glühenden Schmerzen hinein die kalte Kugel. Und auf die Haustreppe sich hinlegen, gerade auf die Schwelle, und dort sterben.

Warum habe ich es nicht getan? Es wäre gut gewesen. Warum mußte mich die feige Angst noch an den Fetzen Leben schmieden? –

Im Hofe bellten die Hunde, meine alten, treuen Hunde mit ihren heiseren Stimmen. Ich stand noch da – ich starb ja nicht – tötete mich nicht – wurde auch nicht toll. Es fror mich in der Nachtkühle und in meinem Elend. – Nun wollte ich gehen. Noch einmal über die Straße zurück. Da oben auf dem Balkon stand eine Gestalt. Es war meine Schwester. Das war ihr Zimmer, und die andern waren alle unten bei der Lampe gewesen. Ich stand wieder am Gitter und sah hinauf zur Schwester. – Kein Wort. – Ich hörte sie weinen.

Sie hatte mich gesehen und sah hinunter, während ich zu ihr emporstarrte und kein Wort sprach.

Dann ging ich.

Die letzte weiche Saite in mir sprang klirrend entzwei.

Krank

Ich bin krank ... Ein ödes langes Siechtum ohne Aussicht. Ich wollte alles wissen, und man hat mir alles gesagt ... alles. Mir ist keine Hoffnung geblieben, nicht einmal die elendeste Illusion. Und so ist es gut, so wollte ich es haben.

Jetzt warte ich Tag für Tag, eine endlose Nacht nach der anderen. Und die Nächte sind am schlimmsten. Sich so ganz allein durch die finstere, undurchdringliche Masse von Dunkelheit und Schmerzen durchwinden zu müssen, mit all der Todesangst in den kranken Nerven! ...

Die erste Zeit – damals, als es anfing – lag ich im Krankenhaus; und leise, ganz leise gingen von Stunde zu Stunde die Schwestern aus und ein, die guten Barmherzigen Schwestern. Ein blasser Lichtschein ging ihnen voraus, und sacht kamen sie hereingeglitten mit ihrem Nachtlicht in der Hand. Wie da die weißen Schleier schimmerten und der rote Glanz der kleinen Laterne über das friedliche, heilige Gesicht und all das schneeige, blaukalte Weiß hinflackerte! Wie Gebetsstimmung kam es jedesmal über mich; ich war wieder Kind und träumte von Schutzengeln. Jetzt bin ich allein. Wenn nur die Nacht erst zu Ende wäre ...

Langsam und qualvoll wird es Morgen, und meine Wirtin schlürft herein mit ihren müden, alten Schritten. Sie zieht die Vorhänge von den Fenstern zurück und stellt mir den Kaffee ans Bett.

Und dann gehen Stunden darüber hin, bis die entsetzliche Schwäche überwunden ist und ich mich vom Bett zum Diwan hingearbeitet habe.

Da liege ich dann und höre mit halbgeschlossenen Augen, wie draußen der neue Tag frisch und morgendlich anhebt.

Jung und kräftig klingt alles – so gesund.

Drüben in der Kaserne machen die Soldaten ihre Übungen, und die scharf abgerissenen Kommandos schallen zu mir herein. Zuweilen auch Militärmusik, irgendein morgenfroher Marsch, und unten auf der Straße klingeln die Tramways vorbei, und schwerfällige Wagen dröhnen, und die Menschen hasten und jagen durcheinander. Das ist alles so weit unten, unter meinem Dachzimmer. Das Leben tönt nur noch zu mir herauf.

Meine Wirtin bringt das Zimmer in Ordnung und unterhält mich dabei über ihre Portion Elend im Leben. Sie ist eine gute alte Frau, aber ich rede nicht gern mit ihr. Es stört und peinigt mich, daß sie so undeutlich spricht und daß sie einen schiefen Mund hat. Wenn sie spricht, muß ich immer danach sehen. Das macht mich so nervös. Sie jammert über das Leben und wird scharf und ausfallend, wenn sie auf die Menschen zu reden kommt. Wie die alte Frau oft recht hat! Ihre verbitterte Philosophie entspringt lauter bitteren Tatsachen. Den ganzen Tag muß sie arbeiten und dabei ist sie schwach und kränklich. Ihr Mann kann nicht auf Arbeit gehen. Wochenlang sitzt er in der Küche mit entzündeten Füßen. Nur alle acht Tage einmal humpelt er die vier Stiegen hinunter und zum Kassenarzt. Denn der kommt nicht zu den armen Leuten.

Und im Frühjahr müssen die Alten aus dem Hause. Sie haben nun schon achtzehn Jahre dort gewohnt und sind alt und schwerfällig geworden. Alles das erzählt sie mir, während sie das Zimmer aufräumt. Und ich liege dabei auf dem Diwan und bebe vor Nervosität. Es strengt mich an, ihren Dialekt zu verstehen, und der schiefe Mund stört mich. Dabei ist es so kalt, und ich kann mich nicht entschließen, zu sagen, daß sie einheizen soll. Ich fürchte mich vor dem Lärm, den sie dabei macht. Endlich ist es so weit. Ich kann jetzt wenigstens das Feuer sehen und mir einbilden, daß es wärmer im Zimmer ist.

Aber nun kommen die Schmerzen wieder. Es ist unmöglich, dabei gerade zu liegen. Ich versuche, mich zu strecken, ... und dann rollt ein neuer Krampf mich wieder zusammen. Bis in die Knie geht es hinunter und oben liegt es auf der Brust und drückt mir den Atem zusammen.

Ich bin froh, daß ich allein bin und daß niemand mich leiden sieht, niemand, außer mir selbst, – und an mich selbst bin ich gewöhnt.

Meinen kleinen Handspiegel habe ich immer neben mir liegen. In den schlimmen Stunden beobachte ich mein Gesicht darin. Ich will keine Schmerzenslinien haben, keine verzerrten Krankenhauszüge.

Der Wille muß die armen, zuckenden Nerven zur Ruhe zwingen. Nur die Augen dürfen leiden, den Schmerz in die leere Weite hineinbohren. Der Mund muß ganz ruhig sein. Er möchte gern beben und zucken und die Qual über das ganze Gesicht ausstrahlen, aber ich halte den Spiegel ganz fest und bin sehr streng. Ich möchte ruhig und schön leiden, wie die Heiligen.

Ich nehme kein Morphium, – damit warte ich noch. Vielleicht nicht mehr lange. Es ist gut, alles so genau vorher zu wissen: jetzt ist es noch so ... dann wird Das kommen ... dann Das ... und dann – – –

Aber bis dahin noch leben – leben!

Wenn die ärgste Stunde vorbei ist, kommt eine wohlige Abspannung.

Ganz leises Fieber ... Das gibt so ein gutes Gefühl, diese leise summende Wärme durch den ganzen Körper. Und jetzt rauchen, eine milde, beruhigende Zigarette. Der Arzt hat es mir nicht verboten, ich habe längst keinen Arzt mehr. Ich weiß ja selbst, was mir fehlt; ich weiß die ganze Litanei auswendig.

So wohl und mild wird es mir jetzt, wenn der blaue, leichte Nebel mich und mein Zimmer einhüllt. Es ist ein ziemlich trauriges Zimmer, aber ich liebe es sehr. Die kahlen, weißen Kalkwände kommen mir vor wie gute Freunde, die meine Leiden still mit ansehen, und deren Mitleid ich besser vertragen kann als das der Menschen. Meine Gedanken träumen dem blauen Rauch nach; sie träumen davon, wie schön es wäre, jetzt auf einem türkischen Ruhebett zu liegen, in einem kleinen, zeltartigen Zimmer, mit rotem Licht und dichten, warmen Teppichen. Und um mich herum lägen dann all die anderen: meine Freunde, die schon gestorben sind ... Ich mache die Augen zu, und sie erzählen mir vom Sterben, immer nur vom Sterben. Wie gut es war, als die Schmerzen aufhörten ... und das schreckliche letzte Zucken. Nur Einer will immer vom Leben sprechen, der mit dem weißen Tuch um den Kopf und der Wunde darunter ... Die Kugel ... Und er war noch so jung. Aber die anderen verstehen ihn nicht, und er schweigt wieder.

Er ist auch der einzige, der mit den Augen rollt, und dem es manchmal um den Mund zuckt. Bei den anderen ist es so totruhig in den großen, leeren Augenhöhlen. Und so reden sie vom Sterben und lachen dabei über das Leben. Ihr Lachen klingt ruhig und ausgelebt. Wir liegen alle auf den Polstern umher und rauchen aus langen Wasserpfeifen, und der schwarze Kaffee funkelt in durchsichtigen japanischen Schalen und peitscht die Nerven zu wollüstigem Beben.

Und dann werde ich sehr müde und kann nicht mehr deutlich sehen; alles zittert und schwankt mir vor den Augen. Und sie gehen wieder fort, alle, ganz leise. Nur der mit der Wunde will noch bleiben und mit mir vom Leben reden; aber sie nehmen ihn doch schließlich mit. Und wenn sie alle fort sind, schlafe ich ein.

Zuweilen bringt man mir Briefe. Wenn mich nur einmal wieder etwas freute oder aufregte. Aber das kommt nicht mehr vor. Sie wissen alle, wie es mit mir steht, und wollen es vermeiden, mich aufzuregen. Es ist überflüssig, denn niemand kann ruhiger sein, als ich es jetzt bin. Ich kann sogar mit Ruhe daran denken, daß die anderen dort drunten im Atelier sind und arbeiten ... Arbeiten ... als ob das das Leben wäre.

Sie kommen auch zu mir herauf, die Lebenden, Starken. Sie erzählen mir von ihren Arbeiten und sprechen davon, wenn ich erst wieder dazwischen sein würde, und wie es früher war, und wenn ich erst mein Bild fertig gemacht hätte – mein großes Bild. Ich lächle nur noch darüber, wenn sie so reden; und sie wissen auch, daß ich nicht mehr daran glaube. Sie glauben ja auch nicht daran, aber sie wollen mich trösten. Es ist wirklich zum Lachen.

Im Anfang – ja, damals hat es mich fast zum Wahnsinn gebracht, daß ich nicht mehr arbeiten konnte. Aber das war nur so lange, wie ich glaubte, daß es noch einmal kommen würde. Dann habe ich sie gebeten und sie haben mir die Skizze zu meinem Bild heraufgebracht. Da hängt sie nun und ich weiß jetzt, daß ich nie wieder arbeiten werde. Ich habe jetzt schon aufhören müssen und bin lange nicht fertig geworden. Und die anderen hören später auf und werden auch nicht fertig. Es geht alles nach der selben Melodie von der großen Entsagung ... Ja, sie kommen oft und besuchen mich. Sie wissen alle, wie es mir immer elend gegangen ist, und wundern sich, daß ich jetzt Wein trinke und gute Zigaretten rauche und ein warmes Feuer habe. Ich finde nichts Sonderbares darin. Ich fürchte mich jetzt nicht mehr davor, Schulden zu machen, und es ist doch gut, zum Schluß noch einmal weich zu liegen und dem Leben nichts mehr abringen zu müssen. Am liebsten möchte ich jeden Tag ein Fest geben, ein glänzendes, rauschendes Fest mit wunderbarer, sinnverwirrender Musik. Der Sekt sollte in Strömen und Springbrunnen fließen, und alle sollten übermütig froh sein und bacchantisch tanzen. Und viele Rosen. Alles sollte so schön sein. Und jeden Tag.

Und ich liege unter einer schönen Palme mit breiten, schattigen Blättern ganz im Hintergrund ... und sehe zu. Und mitten im Fest würde ich eines Tages sterben ... Und erst würden sie alle weiter jubeln und weiter tanzen. Dann würde irgend jemand entdecken, daß ich gestorben bin ... Einen Augenblick ist alles ganz still. Vielleicht spielt die Musik dann einen Trauermarsch, wie von selbst. Und dann würden sie schließlich doch wieder tanzen und sich wieder freuen und wieder lachen – noch den einen Abend, weil es ja das letzte Fest ist und weil sie glauben, daß ich es nicht sehe. Und zuletzt würden sie klagen, daß es nun vorbei ist.

Nachmittags liege ich lange in die Dämmerung hinein. Ich kann gerade aufs Fenster sehen, wie es draußen grauer und grauer wird, und dann stelle ich mir vor, wie jetzt die Laternen ihren Schein aufs Trottoir werfen, wie das kalte, blaue elektrische Licht aus den weißen Glaskugeln vor den Läden hervorkommt und sich mit dem heißen, flackernden Gaslicht mischt, und wie die Straßenbahnen mit ihren roten und grünen Laternen einander auf ihrem unermüdlichen Rundlauf um die Stadt herum begegnen, und wie all die müden Menschen darin sitzen, die von einer Arbeit zur anderen oder von einem Vergnügen zum anderen und von einer Erregung zur anderen jagen. Oder der Mond scheint mir weiß und voll ins Fenster hinein und spiegelt sich in dem blanken, grinsenden Totenschädel auf meinem Schrank. Draußen legt er seinen Schein auf das im Schatten verschwimmende Kasernendach, auf dem zuweilen ein einsamer Kater entlang schleicht und über jeden Schornstein vorsichtig hinwegklettert.

Dann kommt die Lampe und kontrastiert so seltsam mit alledem da draußen, und die Gedanken, die in der Dämmerung einschlafen wollten, kommen wieder. Das Fieber fängt wieder an, erst im Gehirn, von da geht es in alle Adern und durch alle Glieder bis in die Fingerspitzen.

Und dann fange ich an, zu schreiben. Im Fieber versuche ich, mein ganzes Leben hinzuschreiben, all meine Träume, meine Sünden und mein Elend. Und später, wenn ich tot bin, soll mein Buch es hinausschreien unter die Menschen, wie ich geträumt und gesündigt habe und wie elend ich war ... Wenn ich tot bin.

An der Wand gegenüber hängt die große Skizze zu meinem Bild. Es wird nie fertig werden. Ich hatte so viel gewollt und bin noch so jung ...

Und dann kommt die Nacht – – –

Tot

Er war tot, und es war ihm unsagbar unangenehm. Die ganze Sache kam ihm so deplaciert und taktlos vor. Von jeher hatte er sich dagegen verwahrt, im Bett zu sterben, und immer aus tiefster Überzeugung behauptet, er würde einmal durch Selbstmord oder Unglücksfall enden.

Nun war ihm die verwünschte Krankheit über den Hals gekommen, man hatte nicht einmal Zeit gehabt, ihn ins Krankenhaus zu schaffen. Er war einfach in seiner Wohnung liegengeblieben, ein Arzt war gekommen, dann ein zweiter und dritter, eine Krankenschwester, Freunde, Bekannte, Blumen, Verwandte, Weinflaschen – alles, was eben zu kommen pflegt, wenn ein junger Mann aus guter Familie plötzlich schwer krank wird.

Heute mittag, um halb eins, war es dann vorüber, und er starb. Jetzt mochte es ungefähr drei Uhr sein, und er wäre lieber wie sonst ins Café gegangen. Aber da er tot war, ging es nicht mehr. Die Krankenschwester war dageblieben, als alle anderen fortgingen. Er hörte sie hin und her gehen und wurde nervös. Was hatte sie noch in seinem Zimmer zu tun? Womöglich war sie indiskret und stöberte seine Sachen durch. Wie unangenehm, und man konnte es nicht verhindern. Dabei sang sie Choräle vor sich hin – oh, daß ich tausend Zungen hätte –. Taktlos – sie fühlte sich sichtlich unbeobachtet, sonst hätte sie doch wenigstens ein Sterbelied gesungen, irgend etwas, was auf die Gelegenheit paßte.

Hier und da wurde geschellt, die Schwester ging hinaus, und er hörte sie in verschiedenen Tonarten sagen: »Der junge Herr ist heute mittag gestorben.« – Es waren anscheinend Lieferantenstimmen, die draußen sprachen – Rechnungen. Zum erstenmal empfand er eine gewisse Genugtuung, als er von seinem Tode sprechen hörte, und es kam eine schadenfrohe Vergnügtheit über ihn. All diese unangenehmen Dinge war er nun wenigstens für immer los, sie konnten nicht mehr an ihn herankommen. Bis vor kurzem hatten sie ihm das Leben ziemlich unangenehm gemacht, er hätte sich schütteln mögen, wenn er daran dachte. Aber er konnte sich nicht mehr schütteln, er war tot.

Ja, er hatte manchmal ernstlich daran gedacht, sich zu erschießen, wenn er sich der Finanzfrage nicht mehr gewachsen fühlte. In früheren Zeiten hatte man ihm von allen Seiten geholfen, damals war er eben noch ein hoffnungsvoller junger Mann, und man hatte erwartet, er würde sich irgendwie »durchsetzen«. Aber er hatte sich niemals durchgesetzt und wurde allmählich als verlorner Posten betrachtet. Und als verlorner Posten hat man die Verpflichtung, sich selbst herauszureißen oder diskret zu verschwinden. Es wäre auch sicher ein hübscher Effekt gewesen, aber schließlich hatten die anderen mehr davon wie man selbst. Und unter den jetzigen Umständen waren das eigentlich zwecklose Betrachtungen.

Es klingelte wieder – aufgeregt und dramatisch. Diesmal war es eine ausgesprochen weibliche Stimme, die mit der Schwester unterhandelte. Natürlich war es Maria. Sie schien eine förmliche Szene zu veranstalten – ach, Maria! Sie konnte ja nicht ohne Szenen existieren, und heute, an seinem Todestage – wer weiß, ob ihr jemals wieder eine solche Gelegenheit geboten würde.

»Was – kein Recht – Onkel – ich – das ist nicht wahr – davon verstehen Sie nichts –« Dann entstand ein betäubendes Stimmengewirr, es schienen sich noch andere Leute hineinzumischen, – Nachbarn, die Wirtin. Dazwischen wie ein Refrain, immer wieder in sanftem bitterbösem Ton die Stimme der Schwester: »In einem Sterbehause – – in einem Sterbehause«. – Dann wurde es wieder ruhig. Maria war nicht hereingekommen. – Es wäre ihm auch eigentlich nur peinlich gewesen.

Etwas später klingelte es von neuem, diesmal reserviert, bestimmt und gedämpft, wie es sich in einem Sterbehause gehört und den Nerven des Verstorbenen angemessen ist. Die Verwandten kamen vom Mittagessen zurück.

»Nun, liebe Schwester, haben Sie sich von der Nachtwache ausgeruht?«

»Das ist mein Beruf, gnädige Frau.«

»Ist der Sarg noch nicht gekommen?«

»Nein.«

»Unglaublich mit diesen Lieferanten! Wann sollen wir denn unsere Besuche machen?« – Das war die Tante.

Der Tote empfand eine unhöfliche Regung. Was wollten sie denn noch hier in seinem Zimmer? Wahrscheinlich saß die Tante auf seinem Sofa, der Onkel auf dem Sessel vor seinem Schreibtisch, und der Vetter rauchte die hinterlassenen Zigaretten, die Maria ihm neulich zum Geburtstag geschenkt hatte.

Aber endlich schienen sie alle Platz gefunden zu haben, und der Onkel eröffnete die Unterhaltung. »Hans«, – das war der Vetter – »du bist über seine Verhältnisse orientiert?«

Hans: »Wieso, Papa?«

Der Onkel räusperte sich, und der Tote wurde ganz vergnügt, er kannte dieses Räuspern und meinte, der Onkel hätte sich alle weiteren Worte sparen können. Aber diesmal kam es anders. Er war eben nicht mehr der lebende Neffe, dessen Lebensäußerungen man nicht zu schätzen wußte – er war der tote Neffe, und das änderte die Sache bedeutend.

»Ob der arme Junge Schulden hatte, meine ich.«

Hans: »O ja.«

»Sind sie hoch?«

Und vom Sofa her die Tante:

»Ich will doch nicht hoffen – – –«

Aber Hans sagte fest und zuversichtlich:

»Sehr hoch.«

Pause. – Ein Stuhl wurde gerückt, und einer von ihnen ging im Zimmer auf und ab. Wahrscheinlich der Onkel. Dann fing die Tante wieder an – sie hatte heute kein Glück und kam nie mit ihren Sätzen zu Ende:

»Aber du denkst doch nicht etwa daran – – –«

»Selbstverständlich muß jetzt alles in Ordnung gebracht werden. Ich will doch nicht, daß die Leute um ihr Geld kommen und sein Name durch den Schmutz gezogen wird. Es ist auch unser Name.«

Hans nannte eine ziemlich ungeheuerliche Summe. Der Tote war selbst ganz erstaunt, er konnte sich nicht mehr erinnern, ob es stimmte, und fing an nachzurechnen, aber es wollte nicht recht gehen. Die anderen schienen inzwischen nach Fassung zu ringen, und dann sagte die Tante:»Aber Hans, wie ist das möglich – und du hast darum gewußt? – Wer um Gottes willen hat ihm denn all das Geld geliehen?«

»Nun Leute«, sagte Hans.

»Leute? – – –«

»Ja, Leute – die ihn besser kannten wie ihr.«

»Hans!« sagte der Onkel mit melancholischer Würde und die Tante:»Wie kannst du so etwas sagen? Er ist doch in unserem Hause aufgewachsen. Ich bin ihm eine zweite Mutter gewesen, und wenn er in seinem Leichtsinn – – –« Schade, daß der Onkel sie unterbrach, aber er tat es.

»Laß das jetzt ruhen, Mathilde, es soll alles vergeben und vergessen sein. Er ruht im Grabe – –«

Das stimmte nicht ganz, der Onkel hatte sich etwas übereilt, aber in diesem Moment schellte es draußen. Die Tante schien von ihrem Sofa aufzufahren:»Das wird der Sarg sein – – Liese, sieh doch nach.« – –

Also die kleine Kusine war auch da. – – Sonst hatte sie ihn nie in seinem Zimmer besuchen dürfen. – –

– – Nein, es war nicht der Sarg. Maria hatte einen Kranz geschickt. Schade, daß man die Gesichter nicht sehen konnte, aber sie gingen anscheinend mit Fassung darüber hinweg. Er war ja tot.

»7000 – 12000 – 15000 – Wechsel – Zinsen – Halsabschneider.« – Das Gespräch wurde ziemlich angeregt. Dazwischen wieder die Hausglocke. Der Herr Pfarrer ließ fragen, ob man ein Begräbnis erster Klasse wünsche. Ja, selbstverständlich. Man erörterte die Kosten. Ein Begräbnis erster Klasse war ziemlich teuer und der Sarg auch. – Eichenholz – Beschläge – und ein Extrahonorar an den Pfarrer für die Rede.

Die Tante widersprach nicht ein einziges Mal. Aber der Tote ärgerte sich.

12000 – 15000 – Zinsen. –

»Und das willst du wirklich alles bezahlen?« sagte die Tante schwer atmend.

»Ich betrachte es als meine Pflicht« – der Onkel.

»Es ist ja auch ein kleines Erbteil von seiner Mutter da. Die gute Klara hat es mir damals anheimgestellt, es nach meinem Ermessen für ihn zu verwenden. Wer konnte auch wissen, daß der arme Junge so früh dahingehen würde.«

»Hättest du ihm doch seine Schulden gezahlt, wie er noch lebte« – – das war die kleine Kusine, die bisher noch kein Wort gesagt hatte. – – –

Düstere Pause.

»Brave Liese«, dachte der Tote. – –

Ja, das Erbteil, das berühmte Erbteil. – Es konnte ihm jetzt eigentlich gleichgültig sein, aber es wurmte ihn doch gewaltig. Seit er denken konnte, war es ein wunder Punkt zwischen ihm und dem Onkel gewesen. – Was für wundervolle Reisen hätte er damit machen können – mit Maria! Sie hatten immer davon geträumt, zusammen zu reisen, eben von diesem Erbteil. Wirklich anständig zu reisen – unter falschen Namen, mit fabelhaften Koffern, feenhaften Necessaires und tadellosen Kleidern. Nur Lackschuhe sollten vor ihrer Tür stehen – – Mittwoch frühstücken wir in Ägypten. –

Nun war er tot. – Die Gläubiger erbten. Maria würde nie zu schönen Kleidern kommen und nie in Ägypten frühstücken. – – –

Es schellte.

»Der Sarg«, sagte die Tante.

»Nein, der Mann von der Druckerei ist da.«

»Er soll noch einen Augenblick warten. – – Wir haben es doch gestern schon aufgesetzt – als der Doktor sagte – – – Der Zettel muß auf dem Schreibtisch liegen – da – Heute ist unser lieber Neffe ... nach kurzem, schwerem Leiden – –«

Wenn nur der Sarg erst kommen wollte, dachte der Tote, er fing an, die Ungeduld seiner Tante zu teilen. Er wollte jetzt endlich Ruhe haben. Es war wirklich kein Vergnügen, anzuhören, wie sie so mit Geldsummen herumwarfen.

»– – – nach kurzem, schwerem Leiden sanft im Herrn entschlafen –«

»Er ist nicht im Herrn entschlafen«, bemerkte die Tante mit scharfer Betonung.

»Jesus nimmt die Sünder an – –« sagte die Stimme der Krankenschwester.

»Meinen Sie?« sagte Hans.

Es schellte wieder. Diesmal war es der Sarg.

Wahnsinn

Geerdt Sievers war Bildhauer in München. Seine Heimat war an der Ostsee unter den dänischen Buchen. Er hatte eben sein Modell weggeschickt, weil die Dämmerung kam, und nun stand er vor dem Werk seines Tages. Es war ein lebensgroßer Akt – ein altes Motiv: Eva, das Weib.

Er wollte etwas ganz Neues, noch nicht Dagewesenes schaffen, und eine seltsame Idee hatte sich aus diesem Wollen herausgeboren: das Weib vor dem Sündenfall mit vollen, noch unschuldigen Formen, die verlangend der Erkenntnis entgegenschwellen – das Vorspiel der Sünde in dem jugendlich reifenden Körper. Eva kniet und spielt mit der Schlange, die sich vor ihr im Grase ringelt. Der Gesichtsausdruck zeigt noch ahnungslose Neugier; über dem in geschwungener Linie vornüber gebeugten Rücken hängt ein Zweig mit den Äpfeln vom Baume der Erkenntnis. Sie hat die Frucht noch nicht gesehen; die Schlange hält sie für ein Spielzeug – aber der Augenblick ist nah, er muß bald kommen, der Augenblick, wo die Schlange zu sprechen beginnen wird, und wo sie die Frucht gewahren wird.

Sie kennt die Sünde noch nicht, aber sie wird erkennen und sie wird sündigen.

Lange hatte er nach dem geeigneten Modell gesucht und er hatte endlich gefunden was er suchte, ein noch sehr junges und unverdorbenes Mädchen.

Und nun war er an dem Kind zum Sünder geworden.

Es wurde dunkel. Der Künstler saß auf einer Ecke des Diwans und starrte auf seine Arbeit hin.

Es war nicht das geworden, was er gewollt hatte. Gerade das Gegenteil: in der Haltung seiner Eva lag etwas Gedrücktes und Schuldbewußtes. Aber gerade so hatte sie da vor ihm auf dem Podium gekniet, durch seine Schuld. Und auf dem Diwan da war sie gelegen, damals, als sie die Sünde erkannt hatte. Es war nichts, er mußte wieder ein anderes Modell suchen. Aber wo war zum zweitenmal ein solcher Körper, solche Jugend? – Und wenn auch, würde es nicht wieder dasselbe Ende sein? –

Er fühlte wohl: er ging nicht auf in seiner Kunst – wenn er auch danach lechzte in völliger Raserei und sich verzweifelnd mühte, sich ihr hinzugeben mit seinem ganzen Sein. Er war nicht fähig dazu. Es war eine traurige Impotenz in ihm, der er unterlag.

Nun war es wieder so gekommen. Er hatte eine Idee gehabt, die ihn ganz erfüllte, und wie er sie fassen und wie er sie gestalten wollte, zerging sie vor dem brutalen Zugreifen seiner Hände. Seine Nerven zitterten, als er das Modell da vor sich knien sah in seiner jungen Schönheit und er arbeitete fanatisch. Aber dann sah er nur noch das Weib und wie er den Ton unter den Händen fühlte, war ihm, als sei es ihr Leib, der ihm verlangend entgegenbrannte, – und der Taumel kam – und es war wieder alles hin, seine Arbeit und ihre Unschuld.

So kam es immer. Die Gedanken, die so brennend seinen Kopf durchwühlten, konnte er nicht zu realer Gestaltung bringen, weil die Wirklichkeit allzu brutal zerstörend über ihn kam. Er hatte noch nie etwas Großes geschaffen und er würde es nie können, das wußte er. Hundertmal stellte er sich wieder vor die Feuerprobe und jedesmal unterlag er. Er trat vor seine Arbeit hin und riß den Ton herunter, bis nur noch das Gerüst wie ein einsam drohendes Gerippe seine Arme in die leere Luft streckte.

Dann ging er. –

Geerdt Sievers wurde irrsinnig.

Er hatte sich überarbeitet und dazu kam das tolle Leben; die Weiber und das alles. Eines Tages brach die Tobsucht bei ihm aus und er wurde in eine Heilanstalt geschafft.

Nach einem Jahr wurde er als geheilt entlassen und kam an einem Herbsttage wieder nach München zurück.

Nun wollte er wieder arbeiten, versuchen zu arbeiten – wenn in ihm noch etwas geblieben war.

Er suchte das Mädchen auf, das ihm zu seiner Eva Modell gestanden, es war herabgekommen und schlecht geworden wie die anderen. Das hatte ihn aufgeregt.

Um sich zu beruhigen, ging er ins Freie.

Es war zehn Uhr abends und der Mond schien hell in dieser Septembernacht.

Der Englische Garten lag in zauberhaftem Nebel da.

Das Auf- und Niederwogen der weißen Dunstgebilde verwirrte den Kopf des krank Gewesenen. Er fühlte, daß er doch noch recht schwach war.

Bald verließ er den Park und ging zur Isar hinab, über die Luitpoldbrücke, über den Platz, am Springbrunnen vorbei und auf die Terrasse hinauf. Er wollte heute seine Nerven auf die Probe stellen, und versuchte das Bild ruhig in sich aufzufassen.

Geradeaus eine Perspektive von tanzenden Lichtern, beginnend mit den Kandelabern der Luitpoldbrücke und dann sich in die Königsstraße hinein verlierend. Links, rechts, dunkle Häusermassen, Türme, Lichter.

Auf der Steinumrandung des Brunnens vor der Terrasse lag kalter Mondschein.

Mitten aus dem dunklen Wasser stieg eine weiße Springsäule auf und bewegte sich hin und her, wie eine Frauengestalt in langen Gewändern.

Geerdt schloß einen Augenblick lang die Augen und sah dann wieder hin. Die weiße Gestalt kam aus dem schwarzen Brunnen, dehnte sich empor, schüttelte das weiß sprühende Wasser von sich ab und sank zusammen – stieg wieder in die Höhe – schüttelte sich – sank zusammen.

Er starrte hin, mußte hinsehen. Es war als ob das Weib da unten sich mühte, Gestalt zu gewinnen. Es kam empor, warf die Wasserfunken nach allen Seiten von sich, und wenn es dann in seiner Schönheit emporsteigen wollte, floß es wieder in sich zusammen – still und lautlos – still und lautlos –?

Nein, da schrie sie – laut und gellend.

Er schlug sich vor die Stirn. Er merkte plötzlich, daß er selbst laut aufschrie, jedesmal, wenn die weiße Gestalt wieder zusammenfiel.

Dann kam es, als ob in seinem Schädel sich etwas wie ein Rad mit rasender Geschwindigkeit drehte. Das Weib reckte sich wieder in die Höhe und zerrann wieder in die Tiefe hinein.

Und es schrie wieder, laut und gellend.

Er wandte sich um. Der Vollmond stand dicht über ihm und er griff nach der glänzenden Kugel, sie war ja ganz nahe an seinem Kopf. Er griff danach, da bekam sie Gesichtszüge und grinste ihn an und stand dann auf einmal hoch am Himmel und war wieder der Mond.

Der Schrecken faßte ihn furchtbar an. Er stürzte in die Anlagen hinein.

Er rannte gegen verschiedene Liebespaare an, die in den dunklen Wegen gingen!

Er kam wieder aus den Anlagen heraus und rannte über die Maximiliansbrücke.

Lief etwas hinter ihm her?

Er fuhr herum und sah nach rückwärts. –

Schwarz hob sich das Maximilianeum gegen den Himmel ab. Durch einen der Galeriebogen lachte ihn wieder die grinsende Mondfratze an.

Geerdt Sievers war wieder wahnsinnig geworden und diesmal unheilbar.

Das allerjüngste Gericht

Endlich sind wir in der Lage, unsern Lesern über den allgemein mit Spannung erwarteten Sensationsprozeß gegen Herrn A. L., Redakteur der illustrierten Wochenschrift Simplicissimus und die Gräfin R., Verfasserin der seinerzeit konfiszierten Humoreske:»Das Jüngste Gericht« zu berichten. Die genannten Persönlichkeiten standen bekanntlich unter der erdrückenden Anklage, in idealer Konkurrenz miteinander, nämlich Herr L. als Herausgeber der Zeitschrift und die Gräfin R. als Verfasserin des inkriminierten Artikels, ein erschwertes Verbrechen der Gotteslästerung im Zusammenfluß mit einem qualifizierten Vergehen wider die öffentliche Ordnung, im sachlichen Zusammenhang mit einem Vergehen des groben Unfugs, verübt durch die Presse, begangen zu haben.

Unser O-Korrespondent schreibt uns dazu:

Gestern fand die Verhandlung gegen L. und Genossen vor dem Schwurgericht bei dem K. Landgericht München XXVII unter ungeheurem Andrang des Publikums statt. Die von der Redaktion des Simplicissimus dazu versandten Einladungskarten – mit den sattsam bekannten Teufels- und Mopsplakaten geschmückt – wurden noch rechtzeitig konfisziert. Trotzdem war das Haus völlig ausverkauft.

Als Geschworene waren unter anderen ausgelost worden: der bekannte Münchener Volkssänger Papa Geis, der ebenso bekannte Vaterlandsredakteur und Partikularist Dr. jur. Sigl, der Oberkellner Fritz aus dem Wiener Café, der Wurzelsepp von der Oktoberwiese und verschiedene geistliche Herren. Als Sachverständige hatte die Verteidigung die schon einmal konfiszierten Herren Franz Wickelkind und Th. Th. geladen. Man hatte ihnen vorsichtshalber Handschellen angelegt. Von Seiten der Staatsanwaltschaft war die Ladung der Herren von Köller und von Stumm beantragt. Die Herren hatten aber als anderweitig beschäftigt abgelehnt.

Die Inszenierung war einfach, aber geschmackvoll. Vorsitzender, Landgerichtsräte, Ersatzrichter, Staatsanwälte, Verteidiger – für alles war hinreichend gesorgt.

Die Verhandlung begann um 10 Uhr vormittags. Bereits eine Stunde früher waren die Angeklagten in einem geschlossenen Landauer von der Angerfrohnfeste unter Begleitung einer hinreichenden Gendarmeneskorte in das Gerichtsgebäude verbracht und sofort in den Schwurgerichtssaal geführt worden. Beide erschienen etwas angegriffen von der ausgestandenen Untersuchungshaft, aber geistig ungebrochen und nahmen mit voller Fassung ihren Platz auf der Anklagebank ein. Herr L. trug ein helles englisches Radfahrkostüm aus dem Warenhaus Tietz, das indessen durch die Untersuchungshaft sehr gelitten hatte, die Gräfin ein schwarzseidenes Reisekostüm mit Courschleppe und Brillanten. Sie war frisch vom Hofball weg verhaftet worden.

Vor Eintritt in die Verhandlung richtet der Vorsitzende ernste, eindringliche Worte an die Geschworenen. Die Erregung über die skandalösen Vorfälle, die heute zur Sprache kommen sollten, sei bis in die weitesten Kreise gedrungen. Es wäre nun höchste Zeit, die Erregung der breiten Massen einzudämmen durch ein der öffentlichen Meinung Genüge leistendes exemplarisches Urteil.

Als Überführungsgegenstände befanden sich auf dem Podium vor dem Richtertisch: 1) je eine in Leipzig morgens 7 Uhr seitens der Staatsanwaltschaft von der Presse weg beschlagnahmte Nr. 41 der illustrierten Wochenschrift Simplicissimus, gewöhnliche und Luxus-Ausgabe; 2) das Manuskript: Das Jüngste Gericht; 3) die Korrekturbogen, erste und zweite Korrektur; 4) die Feder, aus der das inkriminierte Machwerk geflossen sein soll; 5) der Anzug, den Herr. L. am Tage des Verbrechens trug; 6) einige Semmeln, die gleichzeitig mit der Nr. 41 des Simplicissimus ausgetragen werden sollten.

Die letzteren gingen von Hand zu Hand und wurden für ungenießbar erklärt. Beim Anblick der genannten Gegenstände steigerte sich die Aufregung im Publikum, das nicht wie sonst bei Sensationsprozessen aus der Hefe des Volkes bestand. Diesmal waren die hervorragendsten »Stützen der Gesellschaft« zugegen. Aber nicht nur bemerkte man die Vertreter der *haute finance* – nein hie und da gewahrte man auch den bedeutenden Kopf eines Akademieprofessors der älteren Richtung. Die Freunde und Abonnenten des Simplicissimus und andere Angehörige der Angeklagten konnten der Verhandlung nicht beiwohnen, da sie zugleich mit ihren Einladungskarten konfisziert, bzw. während der Dauer der Verhandlung in Haft genommen worden waren.

Die Erregung im Publikum blieb nicht ohne Wirkung auf die Angeklagten. Herr L. erblaßte sichtlich, und die Gräfin verlangte ein Glas Wasser, das ihr von einem Gerichtsdiener bereitwillig gereicht wurde. Der Vorsitzende mußte durch Glockenzeichen die Ordnung wieder herstellen.

Die geladenen Zeugen rekrutierten sich aus allen Ständen, Gesellschaftsstreifen, Berufsarten, Geschlechtern und Lebensaltern. –
Zuerst erfolgte die Verlesung der Strafliste der Angeklagten. Beide sind vorbestraft, und zwar Herr L. wegen Hundesteuerhinterziehung des Simplicissimusmopses und die Gräfin wegen unbefugten Sechsspännigfahrens im Weichbild der Stadt. Mit Spannung folgt das Publikum diesen pikanten Details aus dem Vorleben der Angeklagten.

Wir geben das Verhör genau nach dem stenographischen Bericht wieder:

Vorsitzender:»Angeklagter L., ich mache Sie darauf aufmerksam, daß nur ein volles Geständnis Sie retten kann. Geben Sie zu, der verantwortliche Redakteur der illustrierten Wochenschrift Simplicissimus zu sein?« – Angeklagter:»Darüber kann ich mich nicht so ohne weiteres aussprechen.« – Vorsitzender:»Versteifen Sie sich nicht aufs Leugnen. Weshalb geben Sie den Simplicissimus heraus?« – Der Angeklagte greift in die Brusttasche, zieht eine vergilbte Nr. i des Simplicissimus, die er stets bei sich trägt, heraus und beginnt mit heftigem Pathos das Programmgedicht:»Simplicissimus spricht« zu verlesen:

»O Narrenspiel der bunten Wirklichkeiten,
Was menschlich ist, versinkt –«

Ein Entrüstungssturm im Publikum bricht los und schneidet dem Angeklagten L. jedes weitere Wort ab.

Vorsitzender (nachdem die Ordnung wieder hergestellt ist):»Geben Sie zu, die inkriminierte Humoreske ›Das Jüngste Gericht‹ bei F. Gräfin R. für Nr. 41 Ihres Blattes zwecks Veröffentlichung bestellt zu haben?« – Angeklagter:»Da hier eine Reichsgräfin im Spiel ist, kann ich mich als Kavalier hierüber nicht aussprechen.« – Vorsitzender:»Wo hielten Sie sich am Tage des Verbrechens auf?« – Herr L. versucht sein Alibi nachzuweisen, indem er aufs genaueste angibt, in welchen Straßen Münchens er sich am Morgen bewegt hat. Der Verteidiger weist darauf hin, daß Herr L. sich zu jener Zeit in München aufgehalten hat, während das Verbrechen in Leipzig stattfand. Dieser Umstand entgehe zwar dem unbefangenen Beobachter, er bitte aber, ihn im Interesse seines Klienten in Erwägung zu ziehen. – Vorsitzender:»Angeklagter L., haben Sie dazu noch etwas hinzuzufügen?« – Angeklagter (mit fester Stimme):»Nein.« Vorsitzender:»Sie geben also zu, durch Veröffentlichung des ›Jüngsten Gerichts‹ in idealer Konkurrenz mit der Gräfin R. ein erschwertes Verbrechen gegen die Religion, im Zusammenflusse mit einem qualifizierten Vergehen wider die öffentliche Ordnung, im sachlichen Zusammenhang mit einem Vergehen des groben Unfugs, verübt durch die Presse, begangen zu haben? Ich mache Sie noch einmal darauf aufmerksam, daß Sie durch ein unumwundenes Geständnis sich Ihr eigenes Schicksal sowie Ihren Richtern die schwere Aufgabe nur erleichtern können. Sind Sie geständig?« – Angeklagter (mit zuerst leise vibrierender, dann aber wieder fest werdender Stimme):»Nein.« –

Sensation unter den Zuhörern.

Nunmehr wird die Mitangeklagte, Gräfin R., aufgerufen. Vorsitzender:»Geben Sie zu, Mitarbeiterin der illustrierten Wochenschrift Simplicissimus zu sein?« – Angeklagte:»Ja.« – Vorsitzender:»Geben Sie zu, die Humoreske ›Das Jüngste Gericht‹ verfaßt zu haben?« – Angeklagte (nach einem Blick auf Herrn L. unsicher):»Ich erinnere mich dessen nicht genau.« – Der Verteidiger bemerkt hierzu, daß seine Klientin an hochgradiger Neurasthenie und zeitweise an lähmenden Zwangsvorstellungen leide. – Vorsitzender (mit Donnerstimme):»Angeklagte, erkennen Sie diesen Federhalter?« – Angeklagte (fährt zusammen):»O Gott!« – Vorsitzender:»Angeklagte, Sie sind überführt worden. Wagen Sie noch zu leugnen, daß Sie den Artikel verfaßt haben?« – Angeklagte (mit bebender Stimme):»Nein.« – Vorsitzender:»Sie geben also zu, Verfasserin des ›Jüngsten Gerichts‹ zu sein? Ich bitte Sie in Ihrem eigenen Interesse um ein volles Geständnis.« Angeklagte:»Ja.« – Vorsitzender:»Damit sind wir bei dem Schwerpunkt unseres Prozesses angelangt, der schon so lange die öffentliche Meinung beunruhigt hat. Ich bitte Sie nun, mir noch einige Fragen ohne Rückhalt zu beantworten. Welches Honorar erhielten Sie für die Humoreske?« – Angeklagte:»Ich schrieb den Artikel im Interesse der Kunst und der Freiheit.« – Vorsitzender:»Das setzt mich in Erstaunen. Ihre Arbeit wurde nicht honoriert?« – Zwischenruf des Angeklagten:»Mit 54 Mark«, was die Angeklagte auf Befragen zugeben muß. – Vorsitzender:»Wer zeichnete für den Betrag?« – Angeklagte:»Herr Horfiz Kolm oder Herr Wasserkopf, ich vermag mich dessen nicht genau zu entsinnen.« – Vorsitzender (mit erhobener Stimme):»Meine Herren, es liegt auf der Hand, daß wir es hier mit den Hintermännern des Angeklagten L. zu tun haben. Sie werden den Nachforschungen der bewährten Münchener Polizei nicht entgehen. Früher oder später wird es uns gelingen, dieses lichtscheue Treiben an die Öffentlichkeit zu ziehen und zu brandmarken.«

Im Zuhörerraum Rufe:»Lynchen! Lynchen!« Der Vorsitzende mahnt zur Ruhe.

Vorsitzender:»Meine Herren Geschworenen, nach dem, was Sie jetzt selbst gesehen und gehört –«

Hier unterbricht der Staatsanwalt mit dem Antrag, noch die Belastungszeugen vernehmen zu wollen. Als erste Gruppe erscheinen die Setzer und Drucker der Druckerei von Besse und Hecker in Leipzig. Sie treten gefesselt und in Sträflingskleidung in den Saal.

Vorsitzender:»Sie wissen, warum man die Zeugniszwangshaft über Sie verhängt hat?« – Zeugen (einstimmig):»Nein.« – Vorsitzender:»Sie haben den Druck der Nr. 41 der illustrierten Wochenschrift Simplicissimus am 3. Januar morgens 7 Uhr fertiggestellt?« – Zeugen:»Ja.« – Vorsitzender:»Haben Sie das Blatt gelesen?« – Zeugen:»Nein.« Vorsitzender:»Hat die in der betreffenden Nummer veröffentlichte Humoreske ›Das Jüngste Gericht‹ Ihre religiösen Empfindungen, Ihre deutsch-nationale, königstreue Gesinnung und Ihren Sinn für öffentliche Ordnung und Sitte verletzt?« – Zeugen (einstimmig):»Ja.« – Der im Auditorium anwesende Chef der Leipziger Druckerei tritt vor und erklärt, nicht mehr für die inkriminierte Firma drucken zu wollen, worauf ihm sein Personal wieder ausgeliefert wird.

Vorsitzender:»Meine Herren Geschworenen! Nach dem, was Sie selbst gesehen und gehört haben, kann es keinem Zweifel mehr unterliegen –«

Die Verteidigung interpelliert mit der Bitte, nunmehr auch die Entlastungszeugen vernehmen zu wollen. Der Gerichtshof lehnt diesen Antrag ab mit der Begründung, daß die Entlastungszeugen sich nur aus Verwandten, Freunden und Bediensteten der Angeklagten zusammensetzen. Auch droht das Interesse des Publikums an der Verhandlung, die erst um 10 Uhr abends sich ihrem Ende zu nahen scheint, zu erlahmen.

Der Verteidiger stellt noch den Antrag auf Vernehmung der Sachverständigen Wickelkind und Th. Th. Der Antrag wird aber abgelehnt mit der Begründung, daß die betreffenden Herren seinerzeit nur wegen Vergehens gegen die Sittlichkeit in Wort und Bild, nicht aber wegen eines der hier in Frage kommenden Reate konfisziert worden seien und mithin nicht als Sachverständige im eigentlichen Sinne gelten könnten.

Nach Beendigung des Plaidoyers wendet sich der Vorsitzende zu längerer Ansprache an die Geschworenen, der er die übliche Rechtsbelehrung folgen läßt. Sodann ziehen sich dieselben zur Beratung zurück. Diese dauert 1 1/2 Stunden, nach Ablauf welcher Zeit der Obmann der Geschworenen den gefällten Wahrspruch verkündet. Alle Schuldfragen werden mit mehr als sieben Stimmen bejaht und mildernde Umstände von vornherein kurzweg abgelehnt.«

Der Staatsanwalt beantragt für jeden der Angeklagten je 1 Jahr Zuchthaus, Verlust der bürgerlichen Ehrenrechte bis 4 Jahre über ihren Tod hinaus und Zulässigkeit der Stellung der Angeklagten und ihrer Gräber unter Polizeiaufsicht. Der Verteidiger plädiert für milderes Strafmaß und Anrechnung der Untersuchungshaft auf die Strafen.

Der Gerichtshof erkennt nach dem Antrag des Staatsanwalts.

Die Angeklagten werden gefesselt und zu dem seit Mittag ihrer harrenden »grünen Wagen« geführt, der sie zur Verbüßung ihrer Strafe nach Stadelheim führen soll. Inzwischen war es Mitternacht geworden. Dumpf erschollen die zwölf Schläge vom Turm der Frauenkirche. Und während noch die anderen Glocken der Stadt mit wechselnd hohen Stimmen darauf antworteten, geschah etwas Unvorhergesehenes. Man hatte vergessen, die inhaftierten Freunde und Abonnenten auf freien Fuß zu setzen. Nun hatten sie sich, da ihre Rufe nach Freiheit nutzlos verhallt waren, selbst befreit. Beim Anblick des grünen Wagens errieten sie alles.

Die Gendarmen überwältigen und die Pferde ausspannen war das Werk eines Augenblicks. Im Triumph wurde der grüne Wagen beim düsteren Schein von Pechfackeln und unter Absingung der Wacht am Rhein durch die schweigende Nacht nach Stadelheim gezogen.

Das Männerphantom der Frau

1898

7

Der Mann! – Einmal muß der Moment ja doch schließlich kommen – trotz der strengsten Mutter und der wachsamsten Tante – der Moment, wo »der Mann« nicht mehr hinwegzuleugnen ist und wo das junge Mädchen anfängt, etwas zu fühlen und zu begreifen, etwas – ja, wie soll man es definieren, dieses geheimnisvolle Etwas, die Vorempfindung des andern Geschlechts im eignen Blute?

Daß er, »der Mann«, existiert, hat man ja auch schon vorher gewußt, aber wie er existiert, wie er beschaffen ist, auf welchen Bedingungen sein Dasein sich aufbaut, weshalb, wozu und inwiefern er eben »der Mann« ist, das wird bekanntlich dem heranwachsenden Weibe so lange wie möglich verborgen gehalten.

Bis die Stunde der großen Offenbarung kommt, früher oder später. Und die Offenbarung wird jedem in anderer Form und Gestalt, je nachdem wie er – oder sagen wir in diesem Falle lieber: sie – und ihr inneres und äußeres Leben sich gestaltet. Es läßt sich das weder generalisieren noch spezialisieren, das eine wäre zu oberflächlich und das andere zu schwierig oder richtiger gesagt, einfach unmöglich. Es ist eben ein individuelles Erlebnis, das nur in seinen Folgen und Wirkungen an die Oberfläche tritt und auch da wieder in unterschiedlicher Form.

Im allgemeinen hat die Frau von heutzutage es aufgegeben, »Gretchen« zu mimen. Es liegt ihr nicht mehr und man verlangt auch nicht mehr danach. Damit soll jedoch nicht bestritten werden, daß noch hier und da, wenigstens bei uns im lieben Deutschland, ein wirkliches unverfälschtes, fast möchte ich sagen, chronisches Gretchen vorkommt, das stille deutsche Mädchen, das in Gedanken, Worten und Werken stets auf dem vorgeschriebenen Wege bleibt, mit Scheuklappen vor den Augen und einem unerschöpflichen Vorrat von himmelblau und rosa gestreiften Illusionen durch die

---

7 Entstanden 1898 für die »Zürcher Diskussionen«

Welt geht, die böse Welt, die ihm selbst beim besten Willen nicht den Schmelz von den Flügeln zu streifen vermag.

Für diese verkörperte Jungfräulichkeit sind die Männer entweder Halbgötter oder Schurken. Das heißt, sie kennt und sieht nur die Halbgötter, aber sie weiß, daß es auch Schurken gibt, sie weiß es als historische Tatsache, die ihre Gefühlssphäre nicht weiter berührt. »Der Mann«, an den sie denkt, mit dem ihre Gedanken sich beschäftigen, von dem sie träumt, ist der Inbegriff alles »Großen und Edlen« – Er, der Herrlichste von Allen.

Es ist daher ein furchtbarer Moment, wenn sie schließlich doch einmal erfährt, daß alle Männer »so« sind. Das Mädchen mag vor solcher Erkenntnis behütet bleiben, einmal durch sein eignes Wesen und dann durch die tausend und abertausend Schranken, die Brauch und Sitte um sie her aufrichten, sie mag älter und selbst alt werden, ohne ihre Illusionen einzubüßen. Wird sie aber Braut und Frau, so ist es unvermeidlich, daß ihre Ideale Schiffbruch leiden. – Die Braut sucht in das Innenleben des Geliebten einzudringen, sich ein Bild davon zu machen, ihn ganz zu verstehen, und da stößt sie auf manchen Punkt, der dunkle Ahnungen in ihr erweckt, er möchte Gebiete durchwandert haben, deren Pfade nicht immer mit weißem Sand bestreut waren. Sie wehrt sich dagegen, sie will nicht daran glauben und hofft immer noch, daß doch vielleicht dieser eine, von ihr Auserwählte, anders ist wie die andern. Sie möchte wenigstens für sich noch einen Altar retten, an dem sie beten und das Weihopfer ihres Lebens vertrauensvoll niederlegen kann. Aber selbst, wenn sie diesen schönen Wahn noch mit in die Ehe hinüberrettet, als Frau erfährt sie doch früher oder später einmal etwas von der unvermeidlichen »Vergangenheit« des Gatten. Der Altar des unbekannten Gottes stürzt zusammen und an die Stelle des Idols tritt das Bild eines verzerrten Scheusals und das ist der Mann, ihr Mann jeder Mann ohne Ausnahme.

Irgendwie muß der Schlag überwunden werden. Die einfachste Lösung aus diesem Konflikt, den wohl jede Frau, die ahnungslos in die Ehe tritt, durchzumachen hat, ist die praktische christliche. Mütter, Tanten und Pastoren sind jederzeit damit bei der Hand, wenn sie etwas von dem Sturm erfahren, der die Seele des armen Gretchens aufgewühlt hat: Man muß sich eben damit abfinden, es ist nun einmal der Gang der Welt. Das Weib soll und muß vergeben, immer wieder vergeben und mit seinem Überfluß von Reinheit die Mängel des andern ausgleichen.

Die einen ergeben sich in ihr Schicksal, als stille Frau an der Seite des Sünders auszuharren, und versuchen in tausendfacher Entsagung das zertrümmerte Götterbild wieder zusammenzuflicken, und wenn sie Mutter werden, in ihren Kindern die vernichteten Ideale wieder aufzubauen. Die andern wenden sich und werden »moderne Frauen«. Jede, auch die hypermodernste, hat wenigstens in frühester Jugend einmal ein ähnliches Gretchenstadium durchgemacht. Aber wer nicht zum chronischen Gretchen veranlagt ist, und das sind nicht viele, ist damit fertig, ehe die Heirat in Frage kommt. Das moderne junge Mädchen ist fast durch die Bank demi-vierge, wenn es die Schule verläßt. Es ist auch kaum anders möglich bei der starken Betonung des Sexuellen – wie Laura Marholm[8] sagt: des »zentralen Gebietes«, die das Hauptcharakteristikum unserer Zeit ist. In Schule und Pension wird die Neugier geweckt und gesteigert, und dann bekommt man irgendwie einmal ein sogenanntes »schlechtes Buch« in die Hand, das auf dem Schreibtisch des Vaters entdeckt, oder von einem Bruder eingeschleppt wird. Man darf nicht in's Theater, wenn die »Gespenster« gegeben werden, und für 20 Pfennig kann man sie kaufen, um zu ergründen, weshalb das Verbot erlassen wurde. Oder die ältere Generation spricht sich bei einem Gesellschaftsabend mit Entrüstung über die Kreutzersonate aus – jeder Primaner besitzt sie und ist mit Freuden bereit, sie zum nächsten Rendez-vous mitzubringen. Und die demi-vierge verschlingt Ibsen und Zola und Hermann Bahr. – Immer intensiver wird der mit leisem Schauder untermischte Wissensdrang, das Wesen des Mannes zu ergründen, dieses unheimlichen Mannes, der sich in den Tiefen und Abgründen des Lebens bewegt, von denen wir nichts wissen dürfen. Es ist aus mit den Idealen und Illusionen, man will auch nichts mehr von ihnen wissen, man ist stolz, keine mehr zu haben, und will jetzt nur noch Wahrheit, möglichst krasse und detaillierte Wahrheit alles wissen, alles begreifen. Und aus der theoretisch gestillten Neugier wächst eine rasende Empörung her-

---

[8] Laura Marholm, Pseudonym für Laura Hansson, geb. Mahr, geboren in Riga, lebte von 1857-1905, wurde als Schriftstellerin bekannt durch das Frauendrama »Karlina Bühring«.

vor, eine wütende Auflehnung gegen die »verlogene Gesellschaft«, die von uns verlangt, daß wir es mindestens den Engeln gleichtun sollen an Unschuld und Reinheit, nur um den sorgfältig gehüteten Schatz diesem Moloch von »Mann« in die Arme zu legen, – daß wir Perlen sammeln sollen, um sie vor die Säue zu werfen. Das innerste Gefühl empört sich dagegen, es muß etwas geschehen, um die Weltordnung abzuändern, denn diese Weltordnung ist niederträchtig und empörend, der Mann hat die Kraft und das Recht auf alle Güter des Lebens, das Recht alles Große und Schöne zu vollbringen, wenn er Lust dazu hat, und ebensogut besitzt er die uneingeschränkte Freiheit, schlecht und gemein und lasterhaft zu sein, ohne daß ihm irgend jemand dreinzureden wagt.

Und sie gehen hin und werden Bewegungsweiber. Der Mann ist ihnen fortan etwas, das überwunden werden muß. Und das Bewegungsweib konstruiert sich ein seltsames Phantasiegebilde zurecht und sagt: das ist der Mann, so ist der Mann, wir haben ihn endlich erkannt. Er steht nicht über der Frau, wie man uns gelehrt hat, er ist durchaus kein Halbgott, ja nicht einmal ein interessanter Teufel. Er ist einfach borniert, denn er faßt die Frau nicht als selbständigen Menschen auf, sondern sieht in ihr immer nur das Geschlecht, das Werkzeug seiner schnöden Lust und seiner egoistischen Laune. O Gott, wie ist er überflüssig, dieser Mann, wahrhaftig, wir können ebenso gut ohne ihn auskommen, denn wir wollen nicht nur Weib sein, sondern vor allem freie selbstständige Menschen.

Sie betrachtet ihn nun entweder als Objekt der Verachtung, oder als Gegner, der aufs äußerste bekämpft werden muß, da man ihn ja leider nicht mit Stumpf und Stiel vom Erdboden vertilgen kann. In exceptionellen Fällen mag er vielleicht noch als Kamerad geduldet werden, aber wohlverstanden nur als Kamerad auf gemeinschaftlich menschlicher Basis (und das ist schließlich eine noch schwerere Verkennung des Mannes, wie wenn man ihn als Sünder und Ladykillenden Schurken auffaßt.)

Von allen diesen Frauen, die sich emanzipieren, um zu beweisen, daß das Weib nicht inferior ist und bei jeder Gelegenheit betonen, daß sie im Gegenteil den Mann für minderwertig halten – von allen diesen Frauen hat wohl selten eine den Glauben an ihn durch Desillusionierung auf praktischem Wege verloren. Wo das vorkommt, schlägt die Frau andere Wege ein, um sich dafür zu rächen, daß sie angebetet hat, wo er nur genießen wollte. Da sie bei einem sogenannten »Fehltritt« – was ja meistens der Fall ist, wenigstens, wenn es der erste war – den Kürzeren zieht, und schlecht dabei wegkommt, überträgt sie den Begriff des »gewissenlosen Verführers« von dem einen Mann im Speziellen auf die Männer im Allgemeinen, und wenn sie einen ausgebildeten »Weib-Instinkt« besitzt, sucht sie an anderen heim, was der Eine ihr getan. Sie wird alles daran setzen, in den Männern die Illusion über das Weib zu vernichten, weil ein Mann ihr die Illusion über sein ganzes Geschlecht geraubt hat.

Frauen sagen und schreiben oft seltsame Sachen. So Laura Marholm: »Unter den Frauen und nicht zum wenigsten unter den deutschen Frauen ist es sehr allgemein, daß sie den Mann nicht so feierlich nehmen, wie er sich's einbildet, und wie sie's ihm einbilden. Sie finden ihn komisch, nicht erst, wenn sie mit ihm verheiratet sind (sic!), sondern sogar schon, wenn sie in ihn verliebt sind. Die Männer wissen es gar nicht, wie komisch die Frauen sie finden ...«, und weiterhin: »Besonders für das junge Mädchen ist der Mann ein ewiger Lachreiz mit einem Schauder darin.« –

Laura hätte richtiger getan, wenn sie ihr Werk »das Buch der hysterischen Frauen« betitelt hätte, anstatt es kurzweg »Buch der Frauen« zu nennen. Das junge Mädchen, für welches der Mann ein ewiger Lachreiz mit einem Schauder darin ist, gehört direkt in die Kaltwasseranstalt. Nach Marholm'scher Ansicht ist die Frau überhaupt die hysterische Sphinx par excellence und man kann den unglücklichen Mann nur bedauern, der sich mit ihr aufs Rätselraten einläßt. Es ist doch zum Mindesten originell die Frage über die Beziehungen zwischen Mann und Weib – die für einen normalen Menschen überhaupt keine »Frage« ist – lösen zu wollen, indem man an 5 oder 6 »exzeptionellen Weibnaturen« nachzuweisen sucht, daß sie sich noch viel exzeptioneller ausgewachsen hätten, wenn sie zur rechten Zeit den rechten Mann gefunden hätten. Es ist sonderbar, daß die Verfasserin, die doch den Mut gehabt hat, so energisch zu betonen, daß die Frau des Mannes nicht »entraten« kann, ohne schweren Schaden an Leib und Seele zu nehmen, eines fast ganz ignoriert, oder wenigstens nur en passant erwähnt, nämlich die Mutterschaft. Sie spricht von »dem Weibchen, das durch die Wälder rennt mit dem klagenden Ruf nach dem Gatten«, aber sie scheint – trotz der Behauptung, daß sie sich das Spiel des Lebens schon geraume Zeit hindurch angesehen hat – nicht dahinter gekommen zu sein, daß dieser intensive Schrei des Weibes nach dem Manne im letzten Grunde doch nichts weiter ist wie der Ausdruck des tiefen Verlangens nach Mutterschaft. Wenn es absolut notwendig war, ein Buch der Frauen zu schreiben, hätte man ihm als Motto das Wort von Nietzsche voranstellen sollen: »Alles am Weibe ist ein Rätsel und alles am Weibe hat nur eine Lösung: Schwangerschaft.« Der angebliche Weiberfeind hat das Weib besser verstanden wie es sich selbst jemals zu verstehen vermag, und es liegt ja auch in der Natur der Sache, daß ein Geschlecht immer nur vom andern Geschlecht richtig verstanden wird, niemals aber von dem eignen, das immer durch die subjektive Brille sieht. Das Weib, mag es geistig hoch oder tief stehen, normal oder »exzeptionell« veranlagt sein, seinem physischen Bau nach bleibt es doch immer zur Mutter geschaffen und daher ist die Bedeutung seines ganzen Geschlechtslebens mit seinen praktischen Konsequenzen eine ganz andere wie beim Mann. Er wird zum Mann durch die betätigte Erkenntnis des andern Geschlechts, das Weib hingegen wird niemals dadurch die Höhe seines Wesens erreichen, daß es einen oder mehrere Männer gekannt hat, sondern einzig und allein durch die Mutterschaft, die alle Funktionen seines Geschlechtslebens zur Entwicklung bringt. Im Gegensatz zu unserer Zeit, wo manche Frau sich gegen den Gedanken sträubt, Mutter zu werden, galt die Unfruchtbarkeit bei allen alten Völkern für eine Schande und wurde als Fluch der Gottheit angesehen, bekanntermaßen vor allem bei den Juden. Man denke an Laban's Werbung um Rebekka, die ihre Geschwister mit dem Wunsche ziehen ließen: Wachse in viel tausend mal tausend (1. Mose 24, 60). Bewußt oder unbewußt liegt hier die Idee zu Grunde, daß Kinderlosigkeit das Schlimmste ist, was einer Frau zu widerfahren vermag. Die Frau, die nach Laura Marholm Mutter werden kann, ohne eigentlich in das Geheimnis der Mannesliebe eingedrungen zu sein, ist weit mehr Geschlechtswesen wie die sterile »Geliebte und Gefährtin« des Mannes. Irgend jemand hat da sehr richtig bemerkt, eine Frau fängt erst dann an geistreich zu werden, wenn sie keine Kinder bekommt.

Zweifelsohne würden weit mehr verlassene Frauen ins Wasser gehen, wenn es sich nur um den Mann und die Liebe handelte, aber in Wirklichkeit gehen sie nur ins Wasser, wenn sie die Schande fürchten oder nicht wissen, wie sie das Kind durchbringen sollen. Eine Frau, die den Sinn des Lebens wirklich erfaßt hat, wird in dem Mann, der ihr ein Kind geschenkt und sie dann verlassen hat, nicht den Verführer und Verräter sehen. Es ist ja gewiß tausendmal schöner, wenn die wahre Liebe dazu kommt und dann ergibt es sich meistens von selbst, daß man beisammenbleibt, auch wenn »der Rausch verflogen« ist, aber es gibt auch Fälle, wo der Mann für die Frau – mag sie sich dessen bewußt sein oder nicht – nur das Mittel zum Kind ist, ebenso wie sie für ihn das Mittel zur Betätigung seiner Manneskraft war. Und wozu noch zusammenbleiben, wenn der beidseitige Zweck erfüllt ist? Es ist eine schwere Verkennung der menschlichen Natur, wenn man das zur sittlichen Forderung aufbauscht, was höchstens einen praktisch berechtigten Hintergrund haben kann. Und wenn die Frau in solchem Falle verständig genug ist, wird sie den Mann dafür segnen, daß ihr durch ihn das höchste Gut ihres Lebens zuteil geworden ist, und wird ihn ruhig gehen lassen, wenn die Verhältnisse es mit sich bringen. Zu dieser Verständigkeit sollte man die Frauen erziehen und sie ihnen praktisch ermöglichen. Aber statt dessen treibt die Gesellschaft, die sich davor scheut, für die unehelichen Kinder sorgen zu müssen, den Mann zur Prostitution und die Frau zum »Verbrechen gegen das Leben«.

Was bleibt dem Mann denn anders übrig, wie das Bordell aufzusuchen, wenn er nicht in der Lage ist, für eine Familie zu sorgen, oder für alle Kinder, die er zu zeugen vermag, Alimente zu zahlen? Und was soll die Frau tun, wenn sie sich weder der allgemeinen Verachtung, noch dem für ihre Konstitution fast übermenschlichen Kampf mit dem Dasein gewachsen fühlt, und noch dazu weiß, daß auch ihr Kind dafür büßen muß, wenn es die Frucht einer Sünde ist, die weder Standesamt noch Kirche zur christlichen Pflicht geadelt hat. – Der liebe Gott im Paradies wußte die Frage besser zu lösen. Als die Sache einmal geschehen war, machte er aus der Notwendigkeit eine Tugend, und aus Adam und Eva ein Paar, mit der Aufgabe, die Welt zu bevölkern und gab ihnen noch dazu die Verheißung mit auf den Weg. Bei diesem System war das Strafgesetzbuch überflüssig. Unsere moderne Gesellschaft würde Verbrechertum und

Degeneration vielleicht besser bekämpfen, wenn sie sich das zum Beispiel nähme. Wie man von jedem Mann, der im Staat verwendet werden soll, den Beweis seiner Fähigkeit verlangt, so sollte man von jeder Frau verlangen, daß sie wenigstens einmal im Leben ein Kind zur Welt bringt, und danach erst beurteilen, ob sie ein brauchbares Mitglied der Gesellschaft zu sein imstande ist. Aber die Welt hat sich nun einmal angewöhnt, sich verkehrt herum zu drehen, und dabei wird es wohl auch vorläufig bleiben.

Es ist bei alledem wahrhaftig kein Wunder, wenn die beiden Geschlechter sich verkehrt verstehen, und sich wunderliche Vorstellungen von einander machen. Und es ist so, wie die Verhältnisse liegen, ganz berechtigt, wenn man sie vor einander warnt, indem man seinem Sohn sagt: Hüte Dich vor den Weibern, und die Tochter beschwört: Nimm Dich vor den bösen Männern in Acht. Ich möchte hier noch einmal auf Laura Marholm zurückgreifen, und im Gegensatz zu ihrer Theorie von dem ewigen Lachreiz die Behauptung aufstellen, daß die Frau im allgemeinen weit eher geneigt ist, den Mann tragisch zu nehmen – weit tragischer jedenfalls wie der Mann die Frau. Es mag ja manche Frau geben, die in einem bestimmten Mann, und zwar ist es meist der Gatte, nur den »guten Kerl« sieht, über den sie sich gelegentlich lustig macht, aber im Grunde imponiert ihr der Mann als solcher doch stets – vorausgesetzt, daß er die Bezeichnung Mann wirklich verdient. Es ist eben nur Mode, das um keinen Preis einzugestehen, damit »er« sich seiner Überlegenheit nicht allzusehr bewußt wird. Wozu sonst dieser verzweifelte Kampf um die Gleichberechtigung, das Suchen nach Beweisen, daß man es ihm gleichtun kann?

Und woher die Eifersucht? – Außer der Mutterliebe, die wohl die größte und tiefgehendste Umwälzung im Seelenleben der Frau hervorbringt (und die Mutterliebe ist ja doch auch ein Gefühl, dessen Urheber im letzten Grunde nur wieder der Mann ist), gibt es nichts, was die Grundelemente der weiblichen Natur so bis ins Tiefste hinein aufzuwühlen vermag, wie eben die Eifersucht. Und während naturgemäß das Weib in allem, was mit der Mutterschaft zusammenhängt, eine passive Rolle spielt, tritt mit der Eifersucht ein dramatisches Moment in ihr Leben ein, das sich bis zur wildesten Tragik steigern kann.

Beim Mann ist es mit der Eifersucht etwas ganz anderes; selbst in akuten Fällen wird dieser – vorausgesetzt, daß er das erforderliche Quantum von Selbstgefühl besitzt sich niemals völlig von ihr hinreißen lassen, sei es auch nur aus Furcht, sich lächerlich zu machen. Und wenn er sich genötigt sieht, einzuschreiten, so wendet sein Zorn sich in erster Linie gegen das treulose Weib, und dann erst gegen den Nebenbuhler – auch wenn er sich genötigt sehen sollte, diesen zu »fordern«, resp. aus der Welt zu schaffen – weil es sich nun einmal so gehört. Das Weib dagegen will nur die Konkurrentin beseitigen, unschädlich machen. Der Mann, mag er noch so schuldig sein, sinkt dadurch nicht in ihren Augen – im Gegenteil, er steigt im Preis, weil auch andere auf ihn bieten. Und in diesem Kampfe – Weib gegen Weib um den Mann – ist es zu allem imstande, zu den raffiniertesten Intrigen, der gefühllosen Grausamkeit – sagen wir es nur offen heraus: zur größten Gemeinheit. Der Mann wird die Gattin oder Geliebte, die ihn betrogen hat, verlassen, vielleicht auch töten, wenn er zum Äußersten gebracht wird; die Frau dagegen hört nicht auf, zu lieben, weil sie hintergangen worden ist, sie geht bis zum Letzten und Furchtbarsten, um die verratene Liebe zurückzuerringen, und über »die Andre« zu siegen. Es sind stets nur Frauen gewesen, die zum Vitriol gegriffen haben, denen die Eifersucht diesen hyperteuflischen Gedanken eingegeben hat, die Rivalin, wenn sie auf keine mildere Weise beseitigt werden kann, wenigstens durch Vernichtung ihrer Schönheit unschädlich zu machen.

Es ist auffallend, wie wenig die Literatur sich mit der Eifersucht des Weibes im großen Stil beschäftigt hat. Sie hat einen »Othello« geschaffen, aber wo ist die Feder, die das weibliche Gegenstück dazu zeichnen könnte? Ein Mann würde wohl schwerlich dazu imstande sein – und eine Frau wird es niemals tun, darf es auch eigentlich nicht tun, weil sie sich und ihr ganzes Geschlecht in seiner grausamsten Blöße an den Pranger stellen müßte. Und alles das ist nur wieder ein Beweis, ein wie mächtiger Faktor der Mann im Leben der Frau ist. Er vermag das Wahrste und Beste, was in ihr schlummert, wachzurufen, er führt sie in die tiefe, süße Tragik hinein, die dem Liebesleben jeder Frau zu Grunde liegt. Und dafür zeigt sie sich auch ihm gegenüber – sobald sie wirklich das an ihm findet oder zu finden glaubt, was der Halt- und Mittelpunkt ihres

Lebens ist – von ihrer schönsten und glücklichsten Seite – treu und opfermütig, tapfer und offen – dieselbe Frau, die irgend ein anderes Weib mit dem tödlichsten Hasse verfolgen kann.

Man denke z.B. an Rebekka West in »Rosmersholm«, die vor keinem noch so verbrecherischen Mittel zurückscheut, bis sie es endlich soweit gebracht hat, das verhaßte Weib des geliebten Mannes in den Tod zu treiben, und die gleichzeitig diesem Manne gegenüber an Liebe und Aufopferung nicht ihresgleichen findet.

Die Freundschaft zwischen zwei Frauen ist daher etwas unendlich seltenes, und nur dann möglich, wenn kein Mann in Frage kommt, also in Fällen, wo entweder jede einen hat, oder keine einen hat. Eine von den wenigen, die den Mut gehabt hat, in Bezug auf ihr eigenes Geschlecht der Wahrheit die Ehre zu geben, hat gesagt: »Ein Weib ist niemals offen und ehrlich gegen ein Weib, legt niemals ganz das Visier ab, sondern ist stets auf ihrer Hut, vorsichtig, berechnend, hinterlistig, verschmitzt weil sie die tausend kleinen Mittel der Täuschung und Verstellung, die sie im Leben und in der Liebe braucht, auch bei ihresgleichen vermutet.«

Und wo bleibt bei all' dieser Tragik der »Lachreiz«? Es ist jedenfalls nur ein sehr bittersüßes Lächeln, mit dem die Frau sich über den Mann im allgemeinen lustig macht, oder ein Theaterlächeln, das über den schweren ernsten Kampf, der dahinter steckt, hinwegtäuschen soll. Am gescheitesten handeln demnach wohl schließlich noch diejenigen, die den Mann überhaupt nicht »aufzufassen« suchen, sondern einfach den gegenseitigen sexuellen Standpunkt praktisch zur Geltung bringen. Es geschieht dies allerdings schwerlich aus Gescheitheit, denn die gescheitesten Frauen sind gewöhnlich nicht die erotisch veranlagtesten, sondern einfach aus Instinkt, und der Instinkt ist bekanntermaßen in allen Lebenslagen der sicherste Führer, weil er nicht durch Erwägungen und Reflexionen getrübt wird, und die Frau läßt sich im Allgemeinen weit mehr von ihm leiten wie der »denkende Mann«.

Aber das Weib mit dem normalen, unverkümmerten, unentwegten Geschlechtsinstinkt – wo ist das zu finden? In der guten Gesellschaft ist es eine Ausnahme und gilt für eine Abnormität, und selbst das mythische »Weib aus dem Volk« mit 7 unehelichen Kindern besitzt ihn vielleicht in weit geringerem Maße, wie man dem Anschein nach glauben möchte. In der Kokotte, dem »Mädel« und der Lebedame aus fin de siècle-Kreisen, da vielleicht noch am ehesten ist »das Weib« zu finden, das absolute Weib, das den Mann am besten kennt, und am richtigsten zu beurteilen und zu nehmen weiß. Das »lasterhafte« Weib hat oft mehr richtiges, ja sogar mehr Feingefühl auf dem Geschlechtsgebiet wie die beste Gattin und das keuscheste Gretchen, denn grade kraft seiner Lasterhaftigkeit, das ist: vielseitigen Kenntnis der Männer, sieht es in ihm weder den Übermenschen, noch den Schurken, sondern einfach »den Mann«, nicht als X, sondern als feststehende, gegebene Größe, ohne welche das Exempel nicht aufzulösen ist.

Es mag das vielleicht wie ein Widerspruch zu dem vorhin über die Mutterschaft und die daraus hervorgehenden Empfindungen Gesagten klingen, weil man sich den Typus der grande amoureuse gewöhnlich nicht mit dem der Mutter vereint zu denken pflegt. Aber einmal ist das Leben überhaupt so reich an Widersprüchen, daß es schwer ist vom Leben zu reden, ohne sich hier und da in einen Widerspruch zu verwickeln, und in diesem Falle liegt er überhaupt mehr in der Idee und der allgemeinen Annahme wie in der Wirklichkeit.

Man kann oft genug beobachten, daß gerade Frauen, die viel geliebt und gelebt haben, die besten Mütter werden. In Japan gelten die Mädchen sogar für die geeignetsten Ehefrauen, wenn sie eine bestimmte Anzahl von Jahren in den Teehäusern zugebracht haben, und die Teehäuser bedeuten etwa dasselbe, wie eine Berliner Kneipe mit Damenbedienung. Schließlich sei noch auf die moderne Literatur hingewiesen. Ich erinnere nur an Zola's »Nana«, den Typus der »feilen Dirne«, die durchaus nicht ohne Muttergefühl für ihren kleinen Louison ist, und während einer nochmaligen kurzen Schwangerschaft, – um sich im Pastorenjargon auszudrücken: »besseren Regungen zugänglich« ist; ferner an Prevost's »Zabeau«, welche die Liebe zu ihren Kindern an die Grenze des Wahnsinns bringt.

Man pflegt gewöhnlich anzunehmen, daß eine Frau, die viel mit Männern zu tun gehabt, dadurch überhaupt ihre Weiblichkeit einbüßt, und naturgemäß müßte doch gerade das Umgekehrte der Fall sein. – Dazu kommt noch das Geschrei nach Abschaffung der Prostitution, die doch das einzige Mittel ist, die Gesellschaft einigermaßen so zu erhalten, wie es allen wünschenswert erscheint. Wie schon oben gesagt, bleibt dem Manne nichts anderes übrig, und die Erfahrung zeigt, daß die Männer im Großen und Ganzen auch durchaus nicht gewillt sind, die Prostitution abzuschaffen. Es sind fast immer Frauen, die dafür eintreten, und zwar meistens solche, die das Leben vom Teetisch aus beurteilen. Trotzdem ist es eine Frau gewesen, Pauline Tarnowskaja,[9] die Mitarbeiterin Lombroso's, die auf Grund umfassender anthropometrischer Untersuchungen an Tausenden von Prostituierten die natürliche Prädestination zur Prostitution festgestellt hat; wie man ja bisher immer an die Prädestination des »Genies« als unumstößliche Tatsache geglaubt hat. Sie hat damit also bewiesen, daß die Natur selbst den Typus »Prostituierte« liefert.

Wer sich gegen diesen wissenschaftlichen Beweis sträubt und dabei bleibt, daß die Prostitution in direktem Gegensatz zu der eigentlichen Natur des Weibes steht, der tue einmal die Augen auf, um zu sehen, wie zahllose »anständige« und geachtete Frauen in der Ehe vollständig das Leben einer Prostituierten führen mit dem einzigen Unterschied, daß es nur ein Mann ist, anstatt mehrerer, dem sie sich tagtäglich ohne Liebe und ohne Sinnlichkeit hingeben, und der sie dafür versorgen muß – ohne daß sich ihr Gefühl jemals dagegen empört.

Selbstverständlich wäre es sehr töricht und zwecklos, ihnen das irgendwie zum Vorwurf zu machen, ebensowenig wie man es dem Mann verargen kann, wenn er die Frau so nimmt, wie sie sich ihm darbietet. Und grade darin liegt der Grund, weshalb die Frauen das Wesen und die Handlungsweise des Mannes oft so gänzlich mißverstehen – eben weil sie selbst sich nicht richtig zu geben und hinzugeben wissen.

Und das führt mich in Versuchung zum Schluß noch einmal Nietzsche zu zitieren: »Es ist ein Kind im Manne, das spielen will, auf, ihr Frauen, so entdeckt mir doch das Kind im Manne.«

---

[9] Pauline Tarnowskaja, »Etude anthropométrique sur les prostituées«, Paris 1887

NB!¹⁰ Es erscheint hier ein seltener Vogel, und er hat einen goldenen Ring im Schnabel. Gräfin zu Reventlow, eine Angehörige des höchsten nordischen Adels, deren Vorfahren noch vor 100 Jahren den dänischen Thron inne hatten, diese hübsche, tapfere und mutige junge Frau hat mit dem feinen Instinkt, der gerade diesen Nachkommen aus einer vielhundertjährigen sorgfältigen Menschen-Auslese oft innewohnt, das Heraufkommen einer neuen Zeit gewittert und hat ihre Sache, ihr Talent, ihre Schönheit in den Dienst der neuen Bewegung der Geister gestellt, von der die Literatur nur einen Teil bildet. Gleich jenen Damen aus der höchsten französischen Aristokratie am Ende des vorigen Jahrhunderts, vor Beginn der französischen Revolution, hat sie ihr Wappen-Schild hingeworfen, den verrosteten Schlüssel zu ihrer Burg abgegeben, auf die tiefen Verbeugungen verzichtet und ging – ähnlich wie die Gräfin von Butler-Haimhausen, die Gräfin von Dennewig u. a. – unter das Volk, um die Sache der Gesamtheit zu ihrer eigenen zu machen. In dem Moment, da sie merkte, daß die Aristokratie des Blutes durch die Aristokratie des Geistes abgelöst werde, stellte sie sich sofort dem Aufgebot und erschien als Amazone in den Reihen der Schriftsteller, der Dichter und der Artisten, wo man sie mit Verwunderung betrachtete. Inzwischen ist sie auch schon konfisziert worden und hat so die Feuertaufe empfangen. Wenn zwei dasselbe tun, so war es auch hier nicht dasselbe. Solche Menschen sind eben ganz eigentümliche Streiter! Sie zwingen mit ihrem Namen eine ganze Vergangenheit, für die neue Sache zu streiten. Alle diese illustren Ahnen müssen nun nolens volens für die neue Bewegung Zeugnis ablegen. Denn woher stammt sie denn, diese Gräfin? Welcher Leute, welcher Leben, welcher Schicksale Endprodukt ist sie? Da wir heute wissen, daß kein Gedanke, kein Gedankenhauch, einer menschlichen Seele aufgeklebt, aufoktroyiert werden kann, wenn sie ihn nicht, wenigstens als Keim, von ihren Ahnen mitbringt: Welcher Gedanken letzte Konsequenz ist sie unweigerlich? ... Also rühren Sie sich, meine Herrschaften, in Ihren Gräbern! – Natürlich erheben die noch lebenden, im aristokratischen Hühnerhof zurückgebliebenen, Gänschen voll Entsetzen ihre weißen holdseligen Flügel und blicken mit gespenstischen Augen und offenen Schnäbeln auf diese mutatio rerum ... Wir aber begrüßen mit herzlichem Hände-

---

¹⁰ Dieser Absatz stammt wahrscheinlich aus der Feder von Oskar Panizza.

druck diese neue Streiterin, die, wie im deutschen Volksmärchen, mit ihrem »Schwan kleb' an!« alle bezaubert, wohin sie kommt, und rufen ihr entgegen: Heil!

Erziehung und Sittlichkeit

11

Von uns »modernen« Menschen, die wir der jüngeren Generation angehören, haben viele – ich darf wohl ruhig sagen, die meisten – einen schweren Kampf kämpfen müssen, ehe sie sich von dem angestammten Milieu, von dem Einfluß einer sogenannten guten Erziehung und all ihren vorsintflutlichen Moralprinzipien und Anschauungen freimachen, um sich auf den Boden einer freieren Lebensauffassung zu stellen.

Es ist deshalb auch wohl mehr wie selbstverständlich, daß wir danach trachten, diese Errungenschaften des Kampfes unseren eigenen Kindern zukommen zu lassen.

Wir werden uns dabei unbedingt in einen schroffen Gegensatz zu der Erziehungsmethode stellen müssen, die in allen guten Familien üblich ist und deren Hauptcharakteristikum das Verschleiern und Vertuschen aller das Geschlechtsleben betreffenden Fragen ist.

Eben dieses Vertuschungssystem soll durch die lex Heinze nun auch der Allgemeinheit im öffentlichen Leben – soweit es sich innerhalb des Gebietes von Kunst und Wissenschaft bewegt – aufoktroyiert werden. Eines seiner Hauptmomente ist die Verpönung des Nackten in der Kunst.

Wir aber sehen im Nackten überhaupt – sowohl im Leben wie in der Kunst – nicht nur keine »Sünde«, sondern ein positives erzieherisches Moment von hoher Bedeutung. Denn wir wollen die heranwachsenden jungen Seelen nicht in dem lüsternen Schauder vor der Nacktheit erziehen, sondern zur gesunden Freude an allem Schönen, mag es nun Kunst oder Natur, nackt oder angezogen sein – zum gesunden Abscheu vor allem, was wirklich unschön ist.

Sie sollen jenes künstlich angezüchtete »Schamgefühl« gar nicht kennenlernen, das in jedem Wesen des anderen Geschlechts einen Gegenstand der verbotenen Neugier sieht und eben dadurch auch am eigenen Körper ein unheimlich lockendes Rätsel.

---

11 Dieser Aufsatz, wahrscheinlich 1903 geschrieben, wurde bisher nicht publiziert.

Vielleicht wäre das zu erreichen, indem man sich nicht mehr ängstlich vor dem Anblick der persönlichen oder bildlichen »Nudität« schützt und seine natürliche, naive Neugier durch eine seinem Verständnis angemessene Antwort zufrieden stellt, anstatt sie durch das obligate »Das verstehst du doch nicht« – oder »Davon spricht man nicht« – noch mehr zu reizen. Wir wollen ihm gerade seine Unbefangenheit bewahren, indem wir das Sexuelle so viel wie möglich aus den das Leben des Kindes bedingenden Elementen ausschalten. Dieser Zweck kann nur dadurch erreicht werden, daß das Geschlechtsbewußtsein, so lange es irgend angeht, zurück gedrängt wird. Und das Mittel, diesen Zweck zu erreichen, ist nicht etwa jenes Vertuschungssystem, das das Kind in ewigem Zweifel läßt und eben dadurch seine Neugier reizt – sondern eine gemeinsame Erziehung beider Geschlechter ohne alle überflüssige Geheimnistuerei und verbunden mit der Ausbildung eines rein ästhetischen Wohlgefallens an der Nacktheit.

Wir wollen deshalb in der Erziehung darauf hinwirken durch häufige Betrachtung des Nackten – sei es im Leben oder in künstlerischen Darstellungen, sei es am eigenen oder am Körper eines anderen –, daß die Wertung des Schönen immer stärker in den Vordergrund tritt. Und eine solche Anschauungsweise wird das »Schnüffeln« nach den Sexualcharakteren ganz von selbst aufheben. Es wird uns auf diese Weise unendlich viel leichter fallen, das Kind vor jeder verfrühten Schädigung seines Geschlechtslebens zu bewahren, es zu lehren, daß der Maßstab seiner Handlungen nicht sein »moralisches«, sondern ausschließlich sein ästhetisches Gefühl sein soll. Das ist meiner Ansicht nach das beste Schamgefühl, was wir in unseren Kindern entwickeln können.

Tritt dann später bei dem geschlechtsreifen jungen Menschen durch Betrachtung des Nackten eine sinnliche Reaktion ein, so brauchen wir dieselbe nicht zu fürchten. Wir wollen die Auslösung des Geschlechtstriebes nur so weit als möglich herausschieben – bis sie mit dem Eintritt der völligen physiologischen Reife zur gebieterischen inneren Notwendigkeit wird. Mir speziell als Mutter würde es weit sympathischer sein, wenn mein Sohn mit 18 Jahren ein ihm gleichstehendes junges Mädchen verführt, als wenn er sich seine Unschuld bis in die Zwanzig hineinbewahrt, um sie dann schließlich im Bordell zu verlieren. – Wenn dann Knabe und Mädchen sich beim Erwachen als Mann und Weib wiederfinden, so wird diese bestätigte Erkenntnis des eigenen wie des anderen Geschlechts ihnen zu einer Offenbarung werden, aus der sie als neue Menschen hervorgehen. Und dann werden sie auch den Verlust der »Unschuld« nicht etwa als Niederlage sondern als Triumph, als frohen Sieg empfinden.

Zur Niederlage hat ihn überhaupt erst das Christentum gemacht, das bei seinen altruistischen Tendenzen jede Forderung, die aus jedem rein persönlichen Empfinden hervorgeht, mit der unliebenswürdigen Bezeichnung »Sünde« belegt. Aber das lebendige Recht, das jede normale und erst recht jede starke Persönlichkeit in sich trägt, läßt sich durch tote Abstraktionen und dogmatische Formeln nicht aus der Welt schaffen, um so weniger, da all diese moralischen Forderungen von einer einzigen dazu noch mythisch-sündlosen Persönlichkeit – Christus – abgeleitet sind.

Das Christentum hat den Menschen in einen unlöslichen Konflikt zwischen seine eigene Natur und die ihm aufgezwungene Moral gestellt.

Da die Kirche einzig und allein durch diesen moralischen Zwang die Obermacht behaupten konnte, so schuf sie zum Beispiel einerseits als Vorbild das Zölibat, andererseits muß sie aber daneben die bekannte Pfarrersköchin dulden, von der der Volkswitz sagt: Der Teufel holt keine Pfarrersköchin, denn da die Vertreter der Kirche im letzten Grunde ja auch nur Menschen sind, so leiden sie ebensogut wie alle anderen unter den »Anfechtungen des Fleisches«. In der Kasuistik erfanden sich dann speziell die Jesuiten ein vorzügliches Mittel, das moralisch Verbotene sophistisch in ein moralisch Erlaubtes zu verdrehen und so die Befriedigung ihrer natürlichen menschlichen Sinnlichkeit zu ermöglichen – wie z.B. der Holländer Cornelius Adriansen oder der Pater Girard.

Bekannt genug ist ja fernerhin das Ausfragen in der Beichte, das mit Vorliebe an Kindern geübt wird, um ihnen den Begriff der Keuschheit klar zu machen.

Wir morallosen Nichtchristen sind gewiß die Letzten, die es jemand zum Vorwurf machen, wenn er tut, was er nicht lassen kann. Wir empören uns nur gegen die Heuchelei, die durch diese christliche Moral großgezüchtet wird und die jetzt durch die Lex Heinze noch mehr gesteigert werden soll – wir empören uns dagegen, daß diese Art von Leuten Jahrhunderte hindurch die Erzieher der Menschheit waren – daß sie jetzt uns und unsere Kinder lehren wollen, was Schamgefühl ist.

Aber die Lex Heinze ist schließlich nie eine vereinzelte Äußerung, auf die wir, wenn sie uns wirklich aufgedrängt werden sollte, schon die rechte Antwort in Worten und Werken finden wollen. Wir machen vor allem Opposition gegen die ganze Anschauungsweise, die sich solche Eingriffe in das persönliche Leben und Empfinden erlaubt.

Und im Prinzip der Erziehung wird der Konflikt fortbestehen, so lange eben das Christentum besteht. Der erste, allererste Begriff, den die christliche Erziehung das Kind lehrt, ist »die Sünde«. Dadurch wird ihm von vornherein die Harmlosigkeit dem Leben gegenüber genommen und zugleich der lockende Reiz des Heimlichen, Verbotenen suggeriert. Es beginnt an sich selbst zu zweifeln, denn es erfährt, daß es mit eigener Macht die Sünde nicht überwinden kann, daß es gleichsam an einer unheilbaren Krankheit – der Erbsünde – leidet, also »sündig« ist, selbst wenn es gar nichts Schlimmes getan hat. Mit einem Wort, es sieht sich in lauter unlösliche Widersprüche verwickelt, besonders natürlich wieder da, wo der Religionsunterricht das sexuelle Gebiet streift.

Zum Beispiel: Das Kind lernt in der Religionsstunde »Du sollst deinen Vater und deine Mutter ehren« – und: »Gott selbst hat den Ehestand eingesetzt und geheiligt« – Und gleichzeitig muß es in der Kirche beten: »Ich armer sündiger Mensch, der ich *in Sünden empfangen* und *geboren* bin« –

Ist das etwa kein Widerspruch? Ich soll meine Eltern ehren und die Ehe ist etwas Heiliges – und doch müssen meine Eltern eine Sünde begehen, um mich in die Welt zu setzen. –

Wird das Kind dadurch nicht direkt angetrieben, in dem Zusammenleben seiner Eltern etwas Verbotenes zu sehen und darüber nachzugrübeln, worin hier Verbotenes besteht? –

Man erzählt ihm von Christi Geburt und Marias Schwangerschaft, während dieselben Vorgänge im gewöhnlichen Leben ängstlich verborgen oder mit albernen Storchengeschichten umgangen werden.

Es lernt in der biblischen Geschichte, daß Abraham, Jakob, Salomo, David etc. auserwählte Knechte Gottes waren. Dabei gibt man ihm unbedenklich die Bibel in die Hand, wo es lesen kann, daß Jakob ein äußerst mangelhaftes Verhältnis für die Begriffe: Mein und Dein hatte daß Abraham im stillschweigenden Einverständnis mit dem lieben Gott sich »zu seiner Dienstmagd Hagar legte« – daß Salomo »700 Weiber zu Frauen hatte und 300 Kebsweiber«. Das sind nur ein paar aufs Gradewohl herausgezogene Beispiele, es ließen sich aber noch unzählige andere anführen, die, ohne gerade unzüchtig zu sein, doch das Schamgefühl gröblich verletzen können. Die Bibel ist so ziemlich die pikanteste Lektüre, die man einem heranwachsenden Kinde in die Hand geben kann. Und doch fällt es – meines Wissens wenigstens in den meisten protestantischen Familien – keinem Menschen ein, dieselbe wegzuschließen. –

Das Christentum gibt in seinem Dekalog fast ausschließlich Verbote, es stellt nur fest, was der Mensch nicht soll, nicht darf, ohne jede Rücksichtnahme auf die Wünsche und Bedürfnisse des Individuums. Niemals ist die Rede davon, was dasselbe darf, kann, mag, muß.

Der gleiche Widerspruch zieht sich auch durch unser ganzes Gesellschaftsleben, das ja immer noch auf christlichen Grundlagen beruht und ebenso durch das Staatsleben, in dem z. B. der Totschlag verboten, der Krieg aber erlaubt ist.

Und was kommt bei dieser negierenden Lebensauffassung heraus?

Das Christentum verspricht dem sich gläubig Unterwerfenden zur Belohnung imaginäre Güter in einem Jenseits, das noch »keines Menschen Auge geschaut hat«. Den Lebensinhalt des Christen bildet also im Grunde nur die Sehnsucht nach dem Tode.

Wir aber wollen unsere Kinder nicht in dieser hoffnungslosen Entsagungsödigkeit aufziehen, die man uns in unserer Kindheit gepredigt hat, – die manchen von uns um den schönsten Teil seiner Jugend gebracht hat. Dieses trostlose »Nein!« dem Leben gegenüber

– das eben ist die Erbsünde von der wir sie erlösen wollen, zu einem frohen, selbstbewußten: »Ja«.

Und da sie nun doch einmal in Sünden empfangen und geboren sind, wollen wir sie auch den Mut zur Sündhaftigkeit lehren, – die wir lieber Lebensfreude nennen.

Über tredition

Eigenes Buch veröffentlichen

tredition wurde 2006 in Hamburg gegründet und hat seither mehrere tausend Buchtitel veröffentlicht. Autoren veröffentlichen in wenigen leichten Schritten gedruckte Bücher, e-Books und audio-Books. tredition hat das Ziel, die beste und fairste Veröffentlichungsmöglichkeit für Autoren zu bieten.

tredition wurde mit der Erkenntnis gegründet, dass nur etwa jedes 200. bei Verlagen eingereichte Manuskript veröffentlicht wird. Dabei hat jedes Buch seinen Markt, also seine Leser. tredition sorgt dafür, dass für jedes Buch die Leserschaft auch erreicht wird.

Im einzigartigen Literatur-Netzwerk von tredition bieten zahlreiche Literatur-Partner (das sind Lektoren, Übersetzer, Hörbuchsprecher und Illustratoren) ihre Dienstleistung an, um Manuskripte zu verbessern oder die Vielfalt zu erhöhen. Autoren vereinbaren direkt mit den Literatur-Partnern die Konditionen ihrer Zusammenarbeit und partizipieren gemeinsam am Erfolg des Buches.

Das gesamte Verlagsprogramm von tredition ist bei allen stationären Buchhandlungen und Online-Buchhändlern wie z. B. Amazon erhältlich. e-Books stehen bei den führenden Online-Portalen (z. B. iBookstore von Apple oder Kindle von Amazon) zum Verkauf.

Einfach leicht ein Buch veröffentlichen: **www.tredition.de**

Eigene Buchreihe oder eigenen Verlag gründen

Seit 2009 bietet tredition sein Verlagskonzept auch als sogenanntes "White-Label" an. Das bedeutet, dass andere Unternehmen, Institutionen und Personen risikofrei und unkompliziert selbst zum Herausgeber von Büchern und Buchreihen unter eigener Marke werden können. tredition übernimmt dabei das komplette Herstellungs- und Distributionsrisiko.

Zahlreiche Zeitschriften-, Zeitungs- und Buchverlage, Universitäten, Forschungseinrichtungen u.v.m. nutzen diese Dienstleistung von tredition, um unter eigener Marke ohne Risiko Bücher zu verlegen.

Alle Informationen im Internet: **www.tredition.de/fuer-verlage**

tredition wurde mit mehreren Innovationspreisen ausgezeichnet, u. a. mit dem Webfuture Award und dem Innovationspreis der Buch Digitale.

tredition ist Mitglied im Börsenverein des Deutschen Buchhandels.

Dieses Werk elektronisch lesen

Dieses Werk ist Teil der Gutenberg-DE Edition DVD. Diese enthält das komplette Archiv des Projekt Gutenberg-DE. Die DVD ist im Internet erhältlich auf **http://gutenbergshop.abc.de**

Zeitfracht Medien GmbH
Ferdinand-Jühlke-Straße 7
99095 Erfurt, Deutschland
produktsicherheit@kolibri360.de